On my way home from work, my beautiful single boss asked me to do something for her.
仕事帰り、独身の美人上司に頼まれて
JN104331
望公太
Illust
しの

「実沢くん、
これはどういうことかしら?」
「今月の営業ノルマ、
まだ半分も達成できてないじゃない」

YUIKO WORK MODE

「頑張ったことを
評価してもらえるのは学生までよ」

桃生 結子

Yuiko Monou

On my way home from work, my beautiful single boss asked me to do something for her.

YUIKO PRIVATE MODE

On my way home from work, my beautiful single boss asked me to do something for her.

「運動しなきゃなあ……」

「もしも……実沢くんの初めてが、
こんな年上でいいなら」

YUIKO NAKED MODE

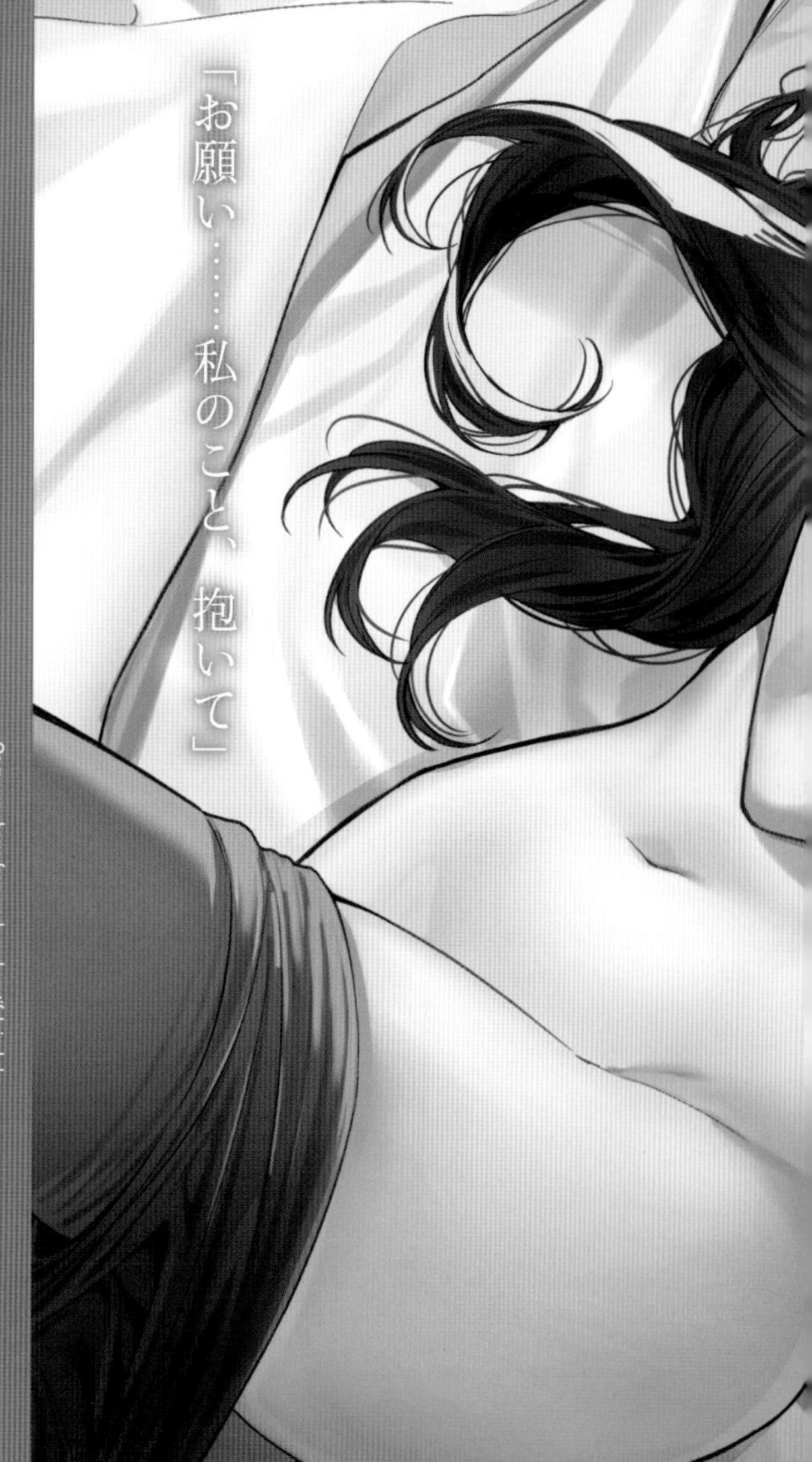

CONTENTS

口絵・本文イラスト　しの
口絵・本文デザイン　杉山絵

On my way home from work, my beautiful single boss asked me to do something for her.

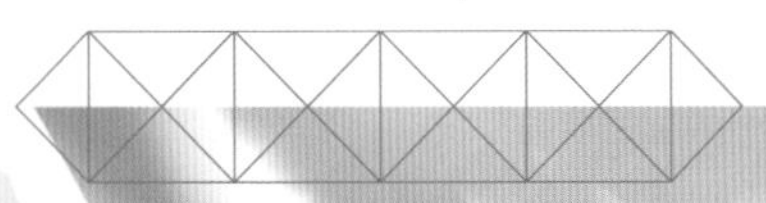

仕事帰り、独身の美人上司に頼まれて

望 公太

角川スニーカー文庫

23678

本文・口絵イラスト／しの
本文・口絵デザイン／杉山絵

プロローグ

きっといつかは、するんだと思っていた。

誰かとするもんだと、漫然と漠然と思っていた。

だってそれは——ずっと人類がやってきたことだから。

普段は考えないし、あまり考えたくもないことだけれど——この世界で、この歴史で、大多数の人類がやってきたこと。

誰もがそうやって生まれてきた。

俺の両親だって、祖父祖母だって、その上もそのまた上も、ずっとずっと……俺という子孫に連なる全ての系譜が経験し、脈々と命を紡いできた。

薄皮一枚隔てない男女の営み。

子供を作るという、神聖で尊い行為。

特別であり、しかし同時に普通のことでもある。

どれだけ言い回しを工夫しても生々しさが隠しきれない行為だとは思うけれど——子作り、とでも言えば少しは格好がつくだろうか。

いや、大して変わらないか。

ともあれ。

だからなんとなく——いつかは自分も、子作りすると思っていた。

彼女いない歴＝年齢の寂しい身分でありながらも、なんとなく。

それが自然の流れだろうと感じていた部分はある。

いつかは愛する人と結ばれ、愛のあふれる家庭を築くために、子供を授かるための行為を経験するだろうと……そんな願望に近い未来予想図を、ぼんやりと思い描いてきた。

でも。

いざ自分が経験してみるそれは——

思っていたよりずっと打算的で、背徳的だった。

「……っ」

体が熱い。

頭が沸騰しそうになる。

胸の奥から湧き上がり全身を焦がすこの感情が、興奮なのか罪悪感なのかは自分でもよくわからない。

都内のラブホテル、３０２号室。

ベッドの上、一組の男女が交じり合う。

一人は俺で――もう一人は桃生(ものう)課長。

俺にとっては直属の上司に当たる人だ。

仕事にストイックで部下に厳しく、社内では一部から『女帝』と畏怖される女性であるが――俺にとっては、憧れの人でもあった。

そんな女性と、今。

俺は肌を重ね合わせている。

「い、挿(い)れますよ、桃生さん」

「うん……」

桃生さんは言う。

普段の毅然(きぜん)とした口調が嘘(うそ)のような、小さくかわいらしい声で。

「そのまま、奥まで挿れて」

俺達は一つになる。

薄皮一枚なく、混じりっけなしで交わる。

けれどそこに――愛はない。

俺達は結婚していないし、恋人同士ですらない。

愛もないまま体を重ね合わせる。

ただただ、彼女が子供を宿すためだけの行為。

このペアリングは、彼女の頼み事だった。

全ての始まりは、一か月前のあの日から――

第一章　桃生課長の頼み事

「実沢くん、これはどういうことかしら？」

　凛とした眼差しでまっすぐ俺を睨みながら、桃生さんは言う。

　場所は——営業部のオフィス。

　静かながらも厳しい叱責に、室内にピリッとした空気が走った。

「今月の営業ノルマ、まだ半分も達成できてないじゃない」

　そう言って、壁に張り出してある営業成績表を示す。

　ずらりと並ぶ棒グラフ。

　俺の名前のところだけが、ガクッと凹んでいた。

「大手出版社なら黙ってても本が売れる時代は、とっくに終わったの。娯楽の多様性が進むこの時代……私達営業が頭使って売らなきゃ、誰も本なんて買ってくれないわ」

　直属の上司から指導を受けた俺は、

「す、すみません……」

と頭を下げる他なかった。

「頑張ったつもりなんですが、思うようにいかず……」

「頑張ったことを評価してもらえるのは学生までよ」

ピシャリ、と。

重い正論が腹部を抉(えぐ)るようだった。

改めて——彼女を見つめる。

艶(つや)やかな黒髪と、鋭い眼光。目つきがキツいわけではないが、その眼差しには他者を圧倒する迫力と気高さがある。

誰もが認める美人で、そしてスタイルも抜群。胸部の激しい主張は、スーツの上からでも隠しきれない。説教中でも思わず目を奪われそうになるが、どうにか必死に自制する。

「あなたはもう二年目なんだから、ちゃんと社会人の自覚を持ちなさい」

言い切った後、桃生さんは俺に背を向けて歩き出した。

「……ふぅ」

圧力から解放された俺は、小さく息を吐いた。

全身から力が抜ける。

「桃生課長ぉ〜」

彼女が営業部を出るところで、一人の女子社員に声をかけられた。

俺の同期——鹿又美玖である。

同じ営業部配属ではあるけど、俺とは課が違う。

「なんか週末、部長にゴルフ誘われたんですけど……。取引先との接待だから断るなって……。しかも泊まりで……」

泣きそうな声で告げる。

桃生さんは眉根を寄せ、かすかな不快さを表情に滲ませた。

「……私から部長に断っておくわ」

「ありがとうございますっ」

「部長も悪いけど、あなたももっと毅然としなさい。そうやって軟弱な態度を取るから舐められるのよ」

「……はぁい」

鹿又が怯えつつ頷くと、桃生さんは颯爽と営業部から出て行った。

「……はあ」

俺が小さく息を吐いて、席に戻ると、

「やられたなあ、実沢」

隣の席にいる同僚——轡省吾がニヤニヤ笑いながら言ってきた。

「しょうがねえよ。自業自得だ」

「相変わらずおっかねーよなあ、我ら営業部の『女帝』様は」

肩をすくめて言う轡。

本人がいないからって堂々と言いやがって……。

桃生結子。

役職は課長。

ブランド物のスーツを着こなす、圧倒的な美人。

俺にとっては上司であり、入社時からお世話になっている人となる。

年齢は——三十二歳と聞いている。

三十代前半の若さで『課長』のポジションに就いてる人間は、うちでは彼女以外にいない。要するに、とんでもなく仕事ができる人なのだ。若手時代は営業のエースと呼ばれていたらしい。

仕事面では文句なしに優秀。

反面、上司にも部下にも厳しいことで有名。

社内では尊敬と畏怖をもって『女帝』と呼ばれてたりする。

そして。

俺はというと……そんな女帝によく怒られている、ごくごく普通の社会人二年目となる。

名前は実沢春彦(はるひこ)。

これといった特徴もない、ごくごく普通の二十三歳だ。


『マルヤマ社』

日本にいくつか存在する、大手出版社の一つである。

小説、漫画、絵本、ラノベ、ビジネス書、ダイエット本などなど……およそ本と呼ばれるものは大体出版している。

そんな大企業に、俺はどうにか新卒で滑り込むことができた。

出版社勤務というと、

『編集者なんですね。どんな本を作ってるんですか？』

と問われることがよくある。大抵の人にとって、出版社＝文字通り本を作って出版している会社だからだろう。

しかし当然ながら、出版社にも編集以外の仕事は多数存在する。

営業もその一つ。

作家や編集者が魂込めて作った本が、一人でも多くの読者に届くように最善を尽くすのが俺達営業の仕事だ。

読者から認識されることはないけど、やりがいのある立派な仕事である。

営業部の人間はみんな自分の仕事に誇りを持って——

「はぁーあ。営業なんてやってらんねーよなあ」

——るわけではないのかもしれない。

昼休み、である。

食事を取るため、俺は同僚の轡と外へ向かっていた。エレベーターで降りている途中、轡は溜息（ためいき）と共に続ける。

「とっとと編集部行って本作りてえよ」

「轡は編集部希望だっけか」

「あったり前だろ。営業やりたくて出版社入る奴（やつ）なんていねえよ」

断言しやがった。

極論……とも言えないんだろうなあ。

出版社に入る人間は大抵、編集部を希望している。

やはり出版社の花形は——本を作る仕事なのだろう。

しかし新卒全員が希望通りの部署に行けるわけもなく、人事の判断で営業や他の部署に割り振られてしまう。

営業に配属されても諦めず編集部への異動願いを出し続ける人も多い。

が、それでも全ての人が編集部で働けるわけではない。

最近営業から編集部に行った人もいたが、その人は十年間営業をやった結果、やっと希望部署に行けたパターンだった。

「実沢だってそうだろ？」

「俺は……」

少し考えしから、続ける。

「……今は異動なんて考えてる余裕はないよ。仕事選べるほど優秀じゃないし、目の前の仕事を精一杯やるだけだ」

「はぁん。相変わらずお利口な優等生だこと」

からかうように言う轡。

「どうやったらクソ人事が俺を編集部にいれてくれんだろうなあ？　営業で圧倒的な成績

叩き出すとか？」

「そういう奴を営業部は手放さないって聞くな」

「んじゃ、営業の仕事なんか手ぇ抜いて適当にやってクソ雑魚成績叩き出す」

「そういう奴を希望部署には行かせないだろう」

「だよなー？　ああもうなにこれ詰んでね？　希望部署行くってなにしたらいいの？」

頭を掻いて苦悩する轡。

希望部署で働けない。

多くの社会人が抱いてそうな悩みだ。

どうすべきかは……社会人二年目の俺にわかるはずもない。

と、そのときだった。

「──あのっ」

エレベーターから降りて歩いていたタイミングで、声をかけられた。

「営業部の実沢さんですよね!?」

若い女子社員が三人、目を輝かせて俺を見ている。

見慣れない顔だ。

今年入った新入社員だろうか。

「その……よかったら、連絡先交換してもらえますか⁉」

一人が意を決したように言う。

残りの二人も口を開く。

「わ、私もお願いします！」

「よかったら、今度ご飯とか……」

「あっ、私も行きたい！」

三人の女子社員がグイグイと寄ってくる。

傍から見れば……もしかすると羨ましい構図なのかもしれない。

知らない女子社員から急に声をかけられるなんて、女が絶えないモテ男のように映るだろう。

しかし俺の胸に芽生えるのは、やれやれ、という虚しい感情だけ。

はあ。

またこういうのか。

「……あー、悪いけど」

呆れが顔に出ないように気をつけつつ、俺は言う。

「兄貴のサインは無理だし、サッカー選手の紹介もできないよ」

「「えーっ」」

笑顔が一転、一斉に不満そうな顔となる。

その後も何ターンかやり取りしたが、俺が柔らかく、それでいてきっぱりと断り続けると、不服そうな顔で退散していった。

一部始終を見ていた轡が、同情の目を向けてくる。

「慣れたもんだな」

「毎度のことだからな」

軽く返し、そして再び歩き出す。

会社を出て、目当ての定食屋へ。

コンビニの前を通りかかったとき――

「…………」

窓に貼られた大きなポスターが目に入った。

『夢を諦めるな』

そんな綺麗(きれい)なキャッチフレーズと共に、プロサッカー選手が写っている。

実沢春一郎(しゅんいちろう)。

日本を代表するサッカー選手の一人。

ポジションはサッカーの花形、点取り屋のフォワード。現在はＪ１のチームで活躍しており、日本代表としてワールドカップに出場した経験もある。

そして。

俺、実沢春彦の実の兄。

ごくごく平凡な社会人でしかない俺に、なにか一つでも平凡じゃない点があるとすれば……血を分けた兄が、超有名スポーツ選手ということぐらいだろう。

「やっぱアレなの？」

馴染み（なじ）の定食屋にて、対面に座った轡が問うてくる。

注文は二人ともうどんだった。

「偉大すぎる兄にコンプレックスあったりすんの？」

「……ズバッと訊（き）きやがって」

まあ、かえってありがたい。

変に気を遣われる方が疲れるからな。

「……そうだな」

俺は言う。

「そういう面倒なもんは学生時代に全部済ませたよ」

軽く笑って言ってやる。

たぶん、上手に笑顔を作れているはず。

ふと——思い出す。

小学校。中学校。高校。大学。白と黒のボールに青春の全てを捧げた日々。追いかけても追いかけても届かない背中。心を焼く焦燥と苦悩。吐き気を催すほどの屈辱と劣等感。ある日右脚を貫いた、バツン、となにかが切れる音。想像を絶する激痛。手術。ガチガチにギプスで固めた膝。地獄みたいなリハビリの日々。一歩踏み込むたびによぎる再発の恐怖。絶望、諦観、断念、喪心、自棄——

気づけば手が、無意識に右膝に触れていた。

「…………」

大丈夫。

もう痛みはない。

体にも、心にも。

サッカーに未練はないし、偉大な兄の成功を素直に喜べる。

俺はちゃんと——大人になれている。

身の程を知って分相応に生きる、普通の大人に。

「凡人は凡人なりに、頑張って普通に生きないとな」

俺は言い切り、残りのうどんを一気にすすった。

「そうそう。サラリーマンも立派なお仕事」

轡も同意した。

「つーかお前はまず、課長に怒られねえようになんねえとな」

「……わかってるっつーの」


昼食で燃料補給をした後は、会社のビルへと戻る。

改めて社内を見回すと、大手企業とは思えないほどラフなスタイルの人間が多かった。

スウェットやジャージの人がちらほら。何日も家に帰ってなさそうな、疲れ切った顔の人もいる。

あの辺は……まあ、おそらく編集部の人達だろう。

営業部はスーツかオフィカジだが、編集部はラフな格好の人が多い。

社内で会う編集者の人達は……大体が疲労困憊の様子だ。

本を作り世に出す作業が、いかに過酷かが伝わってくる。

轡は編集部に異動したいと言っていたけど……命を削って働くような彼らを見ていると、俺はあんまりそういう気にはなれない。同期で希望通り編集部入った奴とかは……なんか、会うたびに痩せていってる気がするし。

「まあでも」

営業部のあるフロアまで戻った後で、轡が言う。

「桃生課長、お前にはやたら厳しい気もするけどなー」

「………」

「実沢は新人研修から、あの人の下なんだっけ？」

「ああ……桃生課長には死ぬほどしごかれたよ」

新人の頃――つまり去年、教育係になってくれたのが桃生課長だった。

本来なら課長という役職の人間がやることではないが、ちょうどその頃営業部が数人の退職や異動でバタバタしていたため、桃生課長が直々に俺を担当してくれることとなった。

「愛弟子みたいなもんか。愛されてるねー」

「からかうなよ。自分が指導した人間が成績悪かったら、そりゃ怒らざるを得ないって話だろ」

その点に関しては申し訳ない気分になる。

桃生課長だってきっと、怒りたくて怒っているわけではないのだから。

「バリバリの仕事人間って感じだよな。まだ独身なんだっけ？」

「らしいな」

既婚とは聞いていない。

彼氏も……たぶん、いないと思う。

「仕事が恋人ってやつか。ま、いくら美人でもあのキツい性格だとなあ。男も誘う気失せるだろうよ」

ヘラヘラと笑いながら、ここぞとばかりに陰口を言う。

まあ、上司の陰口を言うぐらい、社会人としては普通だろう。

下っ端社員はこうやって交流を深めるものなのかもしれない。ましてや俺は怒られた直後。表ではペコペコ謝りつつ、裏じゃ舌を出して同僚と愚痴を言い合うのが、要領のいい社会人というやつな気もする。

でも——

「……俺は結構好きだけどな、桃生課長」

と言った。

轡は目を丸くする。

「え……。おいおい、マジかよ？　なに、そういう感じ？　お前、年上趣味だった？」

「いや、そういうのじゃなくて……」

桃生課長は確かに厳しい人だ。

新人時代は何度怒られたかわからないし、今も厳しさは変わらない。

でも——横暴な人ではない。

言ってることには筋が通っているし、理不尽なことも言わない。こちらを一人の社会人として見ているからこそ、叱咤激励してくれるのだと感じる。

女帝は女帝でも、民や臣下を虐げる暴君ではなく、強い意志と厳格さで民衆を正道へと導くような……そういうタイプの君主なのだろう。

「尊敬してるんだよ、社会人として」

三十二歳の若さで課長。

仕事はバリバリできて、周囲からも一目置かれている。

本当に立派で、格好いい人だと思う。

ああいう自立した大人に、俺も早くなりたい。

「あっ。わかった。おっぱいだろ？　あの見事な胸目当てだろ」

轡が楽しげに言った。

話を聞けよ、まったく。

「お前なあ、胸で女選ぶとロクなことにならねえぞ～？」

「……確かに課長のおっぱいはたまらないけど」

言いかけた——そのときだった。

「あら」

ばったり、と。

角を曲がったところで見慣れたブランドスーツと出くわした。

噂（うわさ）をすればなんとやら、桃生課長その人である。

「も、桃生課長……!?」

慌てて背筋を正す。

一瞬で滝のような汗が背中に滲（にじ）む。

ヤバい。

まさか今の、聞かれた……!?

「ち、違うんです、今のはこいつが——っていいねえ!?」

言い訳しつつ横を見て、驚愕(きょうがく)。

轡は忽然(こつぜん)と姿を消していた。

俺が驚き硬直してる間に、サッとどこかへ消えたらしい。

腹が立つぐらい要領がいい奴(やつ)だ。

こういう奴が出世すんだろうなあ。

「え、えっとですね……」

「なにをそんなに慌ててるの？」

言いよどむ俺に、不思議そうに桃生さんは言った。

あれ？

もしかして……今の聞かれてなかった？

「……あ。なんでもありません」

ラッキーっ。危ない危ない。今のはセクハラもいいところだからな。もし聞かれてたら、どれだけ不快な思いをさせてしまったことか。

ほっと胸を撫(な)で下(お)ろしたところ、

「……さっきは悪かったわね」

と桃生さんが軽く頭を下げた。

「え？」

「わざわざ他の人がいる前で怒ることはなかったわ。ノルマの件なんて、個別に呼び出して注意すればよかったのに……」

「桃生課長……」

「いくら酷い成績だったからって」

「うぐっ……」

やや申し訳なさそうに、しかし抉るようなことを言ってくる桃生さん。

まあ、しょうがない。

今月の成績は、ちょっと言い訳しようがないからな。

「……大丈夫ですよ。成績が悪ければ注意されて当然ですから」

気を取り直して、俺は言う。

「こっちこそすみませんでした。これから、どうにか挽回してみせます。今度は桃生課長に褒めてもらえるように」

「そう。頑張ってね」

「はい」

「……私に褒めてもらうため、ってモチベーションはどうかと思うけれど」

「そ、それはまあ、直近の目標といいますか……あはは」

「まったく……」

苦笑すると、桃生課長も小さく笑ってくれた。

滅多に笑顔を見せない人だけれど、決して笑わない人じゃない。

和やかな空気となり、俺がオフィスに戻ろうとしたところで、

「……ねえ、実沢くん」

と桃生さんが言う。

どこか改まった口調で。

そして、意を決したような顔で。

「今晩、空いてる？」

就業時間終了後——
連れて行かれた居酒屋は、人でごった返す繁華街からは少しズレた場所にあった。店の外壁にはゴチャゴチャしたメニュー看板などはなく、シンプルな書体で店名が書いてあるだけ。

俺がたまに利用する安いチェーン店の居酒屋とは全然違う。

オシャレで、高級感のある店だった。

「予約した桃生です」

「お待ちしておりました」

慣れた様子の桃生さん。

店員さんに案内され、店の奥へと誘われる。

少し広めの個室に通された後、

「どうしたの？　そわそわして」

上着をハンガーにかけつつ、桃生さんは言った。

「いや……なんか緊張しちゃって。さすが桃生課長は、いいところで飲んでるんですね」

「そんな頻繁に来てるわけじゃないわよ。前に一度、取引先の人に連れてきてもらったことがあるだけ」

着座して少し経つと、お通しの小皿が運ばれてきた。

そこで飲み物の注文も済ませる。

「私はハイボールで。実沢くんは？」

「俺も同じもので」

「……無理に合わせなくても大丈夫よ。お酒が苦手だったらソフトドリンクでも構わないから」

「いえ、大丈夫です。ハイボール好きなんで」

注文が終わり、店員さんが去って行く。

なんとなく一段落した気分になった。

「まさか……桃生課長から飲みに誘われるなんて思ってませんでした」

「飲みニケーションってタイプじゃないからね、私」

小さく息を吐く桃生さん。

「昔から上司の誘いはガンガン断ってたし」

「……あはは」

「後輩を誘ったのなんて……今日が初めてかも」

「……え」

さらりと吐かれたセリフに、胸が高鳴る。

どういう意味だろう。なにか意図があるのか、それともただの事実なのか。事実だとすれば、どうして俺なんかを誘って──

悶々(もんもん)と悩んでいるうちに、飲み物が届いた。

二杯のハイボールを順番に受けとる。

「おつかれ」

「お、おつかれ様です」

グラスを合わせる。


飲み始めてから、一時間ぐらいが経っただろうか。

「――だからね、出版業界はもっと『売る』ことを本気で考えるべきなのよ。出版業界を取り巻く環境は信じられない速度で変わってる。それなのに上は未だに『いい本を作れば自然と売れる』っていう化石みたいな考えの人達が多いままで」

熱く語る桃生さん。

最初はお互いに少し緊張した感じもあったけれど、アルコールの力もあってか、一時間も経つ頃には自然にしゃべれるようになってきた。

桃生さんはまだ二杯目で、さほどペースは速くない。

そこまで強くはないのだろうか。

顔はほのかに赤らみ、なんだか普段より色っぽく見える。

「売れた本に後から宣伝費投入するのなんて誰でもできるんだから、もっと前段階から編集部と連携を密に取って――」

そこまで一息に語ったところで、桃生さんはハッと口元を押さえた。

「……ごめんなさい。こんな席でまで仕事の話なんて、つまらないわよね」

「いいえ、課長らしくていいと思いますよ」

俺としては褒め言葉のつもりだった。

仕事熱心なあなたを尊敬しています、ぐらいの。

ところが、

「むっ……」

桃生さんは口をとがらせ、拗ねたような顔となる。

「……なによ。私は、仕事しか能がないつまらない女ってこと？」

「え……？　いやいやっ、そういう意味じゃなくて……」

まずい。

まったく逆の意味で捉えられてしまった。

「別に私だってね、酒の席っぽい楽しい話をしようと思ったらできるんだからね」

言い切り、グイ、とハイボールを呷る桃生さん。

タン、とグラスを置いてから、

「実沢くんって……か、彼女とかいるの？」

と桃生さんは言った。

ちょっと言いにくそうに。

急に俗っぽい話になったな！

「え、えっと……」

「……どうなの？」

ジッと見つめられる。

一瞬でいろいろ考えたが、考えがまとまらないままつい真実を言ってしまう。

「……い、いないですよ」

「てか……いたこともないですし。あはは」

「……そうなんだ」

桃生さんは少し驚いた顔となる。

しまった。別に過去の経験まで言う必要はなかったか……。「『今は』いません」とか言って格好つけとけばよかった。

「意外ね……。実沢くん、モテそうなのに」

「いや、全然ですよ、俺なんて。なんかずっと、イマイチ縁がなくて」

「それじゃ、もしかして――」

桃生さんは言う。

ほんの少しだけ、前のめりになった。

「――童貞、なの？」

「っ⁉」

危うく噴き出しそうになる。

童貞。

まさかそんなワードが、この厳格な上司から飛び出すとは思わなかった。

これもお酒の力なのだろうか。

「……そ、そうなりますね、恥ずかしながら」

「ふ、ふぅん……」

マジマジと見つめてくる桃生さん。

ぐわあ、ヤバい。なんか無性に恥ずかしい。

「そ、そういうお店とか、行ったりしなかったの？」

「誘われたこともありましたけど……な、なんか怖くて……」

「へえ……け、潔癖なのね。い、いいと思うわ、大事にしてる感じで」

「……いや、ビビリなだけです……あはは」

「…………」

「…………」

尋常ならざる気まずさが室内を満たした。

俺が羞恥心に押し潰されそうになっていると、

「……ご、ごめんなさいっ！」

突如、桃生さんが勢いよく頭を下げた。

「えっ⁉」

「なに言ってるのかしら、私……？　いくらお酒の席だからって、部下に向かってこんな質問……。完全にセクハラよね……。今時男も女もないんだから」

「だ、大丈夫ですよっ。気にしないでくださいっ」

「でも……」

困惑し、本当に申し訳なさそうな顔となる桃生さん。

そんな顔を見せられたら、こっちの方が申し訳なくなってしまう。

「大丈夫ですってっ。なんていうか……そうっ、セクハラってのは相手が不快になるからセクハラなんですよ」

　必死に言う。

「俺、桃生課長にならなら童貞をイジられても嫌じゃないです！」

「…………」

「どっちかと言えば、むしろ嬉しいっていうか……え？　あれ？　いや違う、そういう意味じゃなくて……」

　ん？　あれ？

　いや違う。なんか間違ってないか……!?

「……ぷっ」

　呆気に取られた顔をした桃生さんだったが、少し間を置いて噴き出す。

「あははっ。なにそれ？　変態みたいね」

　口を開けて、楽しげに笑う。

　仕事中の鉄仮面が、嘘みたいに。

　ああ、そうだ。

　俺は知ってる。

　桃生さんはすごく厳しい人で、女帝だなんて言われてるけど、笑わない人というわけではない。

そしてたまに、心から笑ってるとき——子供みたいに笑う人なんだ。

「実沢くんって真面目そうに見えて意外とムッツリよね」

ジーッと見つめてくる。

「……私の胸がたまらないとか言ってたし」

「うぐっ⁉　や、やっぱり聞こえてたんですか、あれ……」

「聞こえてたわよ。まったく……。大体実沢くんはいつもね——」

お説教モードに入ってしまう桃生さんだった。


さらに一時間後——

居酒屋を出て、夜の街を二人で歩く。

アルコールで火照った体に、夜風が気持ちいい。

「ご馳走様でした。すみません、奢ってもらっちゃって」

「気にしないで。上司として当然よ」

桃生さんは言う。顔は赤くなっているが酔い潰れたというほどではなく、まだまだ余裕はあるように見える。俺の方もそこまでの量は飲んでいない。

なんというか。

お互いに、常識の範囲で楽しく飲んだ形だ。

「こっちこそごめんね、こんなおばさんのお酒に付き合わせちゃって」

軽い自虐に、ぶんぶんと首を振る。

「なに言ってるんですか！　課長は全然おばさんじゃないですよ。まだまだ綺麗で……あ、えっと……あはは」

「ふふっ。ありがと。優しいのね、実沢くんは」

照れて笑ってしまう俺に、桃生さんもまた微笑み返す。火照った顔がやけに色っぽく見えて、なんだかドキドキしてしまう。

俺の方もアルコールのせいか、すごくフワフワして幸福な気持ちだった。

ああ、楽しい飲みだった。

桃生さんの新たな一面もたくさん見られたし、料理も美味しかったし。

明日から働く活力が湧いてきた気がする。

「そういえば桃生課長、家って、どの辺ですか？　タクシー使うなら、俺、捕まえてきますけど」

「――ねえ、実沢くん」

俺が歩き出そうとしたところで、桃生さんが言う。

足を止め、まっすぐこちらを見つめて。

なんだか――さっきまでと様子が少し違う。

顔は赤らんだままだが、その目はひどく真剣だった。

それでいて、どこか怯えたようにも見える。

まるでなにか、人生を左右する大きな決断に踏み切ったような――

「……今日はもう少し付き合ってくれる？」

「え……」

少し拍子抜けする。

改まってなにを言い出すかと思えば。

こっちからすれば願ってもない誘いだった。

俺だってまだまだ、桃生さんと飲みたいと思っていた。

「いいですよ。今日は俺、いくらでも付き合いますから」

シャァー、と。

水の流れる音が浴室から響いてくる。磨りガラス越しだから音はかなり小さくて——自分の心臓の音の方がはるかにうるさかった。

俺の方はすでにシャワーを済ませ、バスタオル一枚を腰に巻いてベッドに座っていた。

『こういうところ』には生まれて初めて入ったけれど、中は意外と清潔で上品で、普通の宿泊施設という印象を受ける。

ただ……ベッド上部にある照明操作装置。

枕元に置かれた、ふりかけの袋みたいな正方形。

そういったものが、ここが『そういう場所』だと強く主張してくる。

居酒屋を出てから約一時間後。

俺達は——ラブホテルの中にいた。

「……え？」

いや、待て。

なんだこれ？

なんだこの状況？

なんだこの急展開⁉

一軒目を出た後に誘われるがままついて行って、二軒目はどこで飲むんだろうと思っていたら……到着したのはラブホテルで。頭がパニックになったまま「シャワー、先に浴びる？」とか言われたからそのまま従って——そして今は桃生さんがシャワーを浴びている。

……いやいやいやいやいや。

意味がわからない。

どうしたらいいんだよ、これ？

つまり俺……これから、す、するってことなんだよな。

誘われたってことでいいんだよな？

桃生さんから、肉体の関係を——

「——っ」

ヤバい。マジでヤバい。緊張で吐きそう。胃も痛くなってきた。

酔いなんてもうとっくに醒め切ってる。

まさかこんな——あっさりなのか？

大人ってこういうものなのか？

俺、童貞だって言ったのに……いや、むしろ逆か。桃生さんはああ見えて、童貞に手ほどきするのが趣味だったとか？

いやでも……簡単にこんなことしていいのか。ちゃんとした順番は……あれ？　いやでも、いちいち告白するのって学生までなんだっけ？　大人ってこういう関係になってから、なし崩し的に付き合うのが普通と聞いたことがあるような、ないような——

ガチャリと。

戸を開く音がした。

頭が破裂するほど考えまくっていた俺は、反射的に顔をあげた。

息を、呑む。

「……お待たせ」

現れた桃生さんは——バスローブ姿だった。

艶めかしい曲線が否応なしに強調される。スーツの上からでもわかっていた暴力的なスタイルが、さらなる破壊力を持って目に飛び込んでくる。

髪は濡れていない。体だけを洗ったようだ。ああ、そういえばこういうとき、頭は洗わないんだよな。がっつりシャンプーまでしてしまった自分が、なんだか恥ずかしくなった。

桃生さんの顔や肌はやや赤く染まっている。

アルコールのせいか、シャワーのせいか。

あるいは——俺と同じような緊張と興奮を抱いているからなのか。

直感でわかってしまう。

この人は今、俺に抱いてほしいのだと――

「……実沢くん」

一歩、二歩、三歩。

ゆっくりと桃生さんは近づいてくる。

バクバクと心臓が高鳴り、頭が真っ白になりそうだった。

彼女を直視できず下を向いてしまう。

「あ、あの……や、やっぱりこういうことは……」

この期に及んで情けないことを口にしてしまう。ダサい。ダサすぎる。彼女を思いやったと言えばそうなのかもしれないけど……実際は土壇場になってビビっているだけだ。

「その……ちゃ、ちゃんとお付き合いしてからの方が――」

パサリ、と。

言葉の途中で、なにかが落ちた。

下だけを見つめていた俺の視界に振ってきたのは――バスローブ。

それが意味することは、反射的に顔を上げればすぐ理解できた。

「っ」

言葉を失う。

部屋は薄暗いが、この至近距離ならば全てがはっきりと見える。

バスローブの中は——ほとんど裸だった。

身につけていたのは、下腹部を覆う黒い下着だけ。

上はなにもつけず、手で隠しているだけ。

むっちりとした太もも。大きな尻と、適度に引き締まった腰。そして、圧倒的な迫力と重量感を誇る胸部。どうにか両手で隠そうとはしているが、今にもこぼれ落ちそうになっている。

暴力的なまでにグラマラスな女体——

「……その、私、もう三十超えてて……」

緊張と不安に震える声で言いながら、桃生さんはまた俺に近づく。

たわわな女体が、眼前に迫ってきた。

「もしも……実沢くんの初めてが、こんな年上でいいなら」

彼女は言う。

手を伸ばし、俺を抱き締め、ベッドに押し倒すようにしながら。

「お願い……私のこと、抱いて」

それはまるで懇願のようで、同時に祈りのようでもあった。

耳に届く、甘く媚びるような声。

鼻孔を擽る彼女の匂い。

全身で感じる柔らかな肌の感触。

この瞬間——理性は吹き飛んだ。

俺は彼女を強く抱き締め、豊満な女体にむしゃぶりついた。

……『理性は吹き飛んだ』なんて表現してしまったが、いざ始まってしまうと意外と理性を働かせなければならないタイミングが多かった。

なにせ経験がない。

本能だけで闘えるほどの余裕がない。

必死に頭を働かせる。ネット記事、AV、友達の武勇伝……そんな記憶を引っ張り出しながら、どうにかこうにか手探りで闘う。

しかし――

触れるたびに響く甘い嬌声が、理性を殺しにかかってくる。本人は自信なげだったけれど、肌で味わう彼女の肉体はあまりに魅力的で、未経験の俺には刺激が強すぎた。

「……そ、そろそろ、いいですか？」

ベッドの上――

彼女に覆い被さる体勢で、俺は問うた。

『行為の最中にいちいち訊いてくる男はダサい』という記事を読んだこともある気はしたけれど、不安感からどうしても尋ねてしまった。

「………………」

こく、と。

桃生さんは小さく頷く。

その様子があまりにかわいらしくて、性欲と本能が一気に昂ぶる。

しかし。

まだ残っている理性の部分が、俺の手を枕元へと動かさせた。

「えっと……じゃあ、これ、つけますから……」

ラブホテルなら、枕元に常備されている避妊具。

なし崩し的に結ばれるとは言え、これを疎かにするわけにはいかない。どれほど盛り上がっても決して失ってはいけない理性の部分だ。

昔調べた『つけ方』を必死に脳内で呼び起こしていた――そのとき。

伸ばした俺の手を、彼女の手が止めた。

「――つけなくていい」

と。

桃生さんは言った。

意味がわからなかった。

「……え？」

「つけなくていいから、そのまま挿れて」

「な、なに言ってるんですか……そんなことできるわけ」

できるわけがない。

結婚してるわけでもない男女が交わるなら、きちんとした家族計画がないのなら、絶対につけた方がいい。

目先の快楽に溺れて最低限のマナーすら守れない男は――最低だ。無責任にもほどがある。全女性の敵と言っていい。そんな奴に女性を抱く資格はない。

未経験の俺だけど、未経験なりにそんな風には考えていた。

しかし――今。

「いいから。お願い……！」

女性である彼女の方が、俺に求めている。

頼んでくる。せがんでくる。お願いしてくる。

薄皮一枚隔てない、剝き出しの結合を――

「……ダ、ダメですよ、万が一のことがあったら……」

「大丈夫だからっ」

混乱しつつも拒絶する俺に、繰り返し懇願してくる。

なんだか――不自然なぐらいに必死だった。

どうして。

どうして、そこまで――

「……うっ」

混乱の極致となって動けずにいると――彼女が動いた。

俺の下腹部へと手を伸ばし、俺の分身に触れる。

細い指が、しっかりと摑む。

そして強引に――挿入させようとしてくる。

「ちょっ……待っ……そんな、無理やり……」

慌てて腰を引こうにも、文字通りの急所を摑まれては思うように動けない。

激しく結合を求める彼女と、必死に拒絶する俺。

お互いの食い違いから結合はスムーズには進まず、何度も何度も入り口でぶつかり合い、擦れ合うような形となり、やがて――

「……あっ」

「え……？」

終焉（しゅうえん）は呆気（あっけ）なく訪れてしまった。


尋常ならざる気まずさが、室内に満ち満ちていた。

「……す、すみませんでした」

「……私こそ、ごめんなさい」

ベッドに並んで腰掛けたまま、互いに謝罪する。

でも、すぐに言葉が途切れてしまう。

恥ずかしさの余り死んでしまいそうだった。

……ダセぇ。

いくら童貞だからって、あれはないだろう。

ずっと昂ぶってて限界だったからって、あんな形で暴発してしまうなんて。自分でも全然コントロールできなかったから、その、なんていうか……あちこちに飛んで後始末が大変だったし。

「…………」

でも。

己の未熟さとは別に——違和感もある。

どうして。

桃生さんはどうして、あんなにも強引に——

「実沢くん」

隣に座った桃生さんが、口を開く。

さっきまでの艶っぽい顔が嘘のような、真面目な口調で。

「……これ以上隠すのも失礼だと思うから、はっきり言うわね」

隠す？

隠すって、なにを。

「私、誰とも付き合う気はないの」

桃生さんは言った。

冷たく、突き放すような口調で。

「今のライフスタイルに十分満足している。結婚して誰かと一緒に生活するなんて考えられない」

淡々と。

まるで仕事の申し送りのように、続ける。

「誰とも結婚する気はないし、男を作る気もない」

でも。

と。

桃生さんは言う。

「女として——子供は産みたいと思ってる」

「…………」

一瞬、思考が止まる。

しかしそれは一瞬で、すぐに腑(ふ)に落ちる感覚があった。

今日感じた疑問点の数々が、連鎖的に融解していくような。なんで俺を飲みに誘ったのか。なんで俺に彼女の有無を訊いてきたのか。なんで強引にホテルに誘ったのか。なんで――避妊を強く拒否したのか。

全ての疑問点は、とてもシンプルな答えに帰結した。

彼女が俺に求めているものの答えが、わかってしまった。

「だからね、実沢くん」

桃生さんは言う。

「これから私と――子作りだけしてくれないかしら？」

第二章　桃生課長の人生観

朝チュン、なんて表現がある。

フィクションにおける表現技法の一種。

男女がいいムードになった後、時間が飛んで場面が切り替わる。ベッドに寝そべった二人が朝を迎え、外では鳥が鳴き声が響く。

描写しなかった空白の時間に、性行為があったことを匂わす技法である。

結論から言ってしまえば――

俺は、桃生さんと朝チュンを迎えることはできなかった。

「…………」

むくり、と体を起こす。

ホテル――ではない。

自分の家。

一人暮らしの1Kマンション。

そのベッドの上で、俺は目を覚ました。

寝不足ではない。終電前に帰ってくることができた。

二日酔いでもない。楽しいお酒だったが大した量は飲んでいない。

それなのに――信じられないぐらい頭が重かった。

昨夜の会話を、彼女の頼み事を、いまだに受け入れられずにいる。

全てが嘘であってほしいと、そんな風にさえ思う。

昨夜――

「……今日は、帰りましょうか」

ベッドに座ったままの俺に、桃生さんが言う。

格好は、裸にバスローブを羽織っただけ。

「突然こんなこと言われても、困るわよね」

こちらを見ようとしないまま、どこか自嘲気味に言った。

「あっ……いえ」

「非常識なことを言ってるのはわかってる。実沢くんは真面目そうだから……こんな頼み、受け入れられなくて当然よ」

言いつつ、ソファにまとめてあった下着を手に取る。バスローブを解いてブラジャーをつけ始めたところで、俺は慌てて目を逸らした。

「上司として命令してるわけじゃない。ただの、私個人のお願い……」

桃生さんは言う。

「無理なら無理で全然構わないわ。そのときは……今夜のことは全部忘れて、今まで通りの上司と部下に戻りましょう」

独り言のように言い切る桃生さん。

着替えを済ませると、俺の返答も待たずに出て行った。

一人残された俺は、ただ呆然とした。

放心状態で三十分ほど過ごした後、電車の時間を思い出し、慌てて着替えてからホテルの部屋を出た。

ベッドから起きて、朝の支度を整えている間も、頭の中ではずっと昨日の一件がグルグルと回っていた。
「……マジ、なんだよな」
冗談ではない、と思う。
本気だった。
本気の——頼みだった。
桃生さんは本気で言っているのだ。
俺に、子作りしてほしい、と——
「いやでも……アリ、なのか、それ？」
結婚も恋愛もしたくない。
それでも——子供だけはほしい。
だから、俺に子作りのパートナーを頼みたい。
直接的な言い方をすれば……俺の子種だけが欲しい、という話だ。
なるほど。理屈はわかる。
でも、だからと言って素直に納得できるものじゃない。
理屈じゃない部分で……モヤモヤしてしまう。
なんていうのか。

そういうもんじゃないだろう、って思ってしまう。

子作りって。

子供を授かるって。

そういうもんじゃないだろう、って。

『──続いてのニュースです。近年、SNSでの「精子の取引」が拡大しつつあります。公的機関ではなく、SNSを利用した個人間での精子提供。その問題点と危険性について、本日は専門家の先生に──』

スーツに着替え終わったぐらいのタイミング。

なんとなく点けていたテレビから流れて来た話題が、やけにタイムリーでいやに耳に残ってしまった。

精子提供。

なにかしらのニュースやネットで、以前も目にしたことがある。

様々な事情により通常の性交渉では子供を望めない夫婦が、精子バンクからの精子の提供を受け、医療技術により子供を授かる。

医学の進歩により、人類はそういった形で生命を授かることができるようになった。

近年ではSNSの発達により──個人間での精子提供が増加しているらしい。

「…………」

会社に向かう電車の中。

少しスマホで調べれば、いくらでも情報は出てきた。

ＳＮＳでの精子提供。

俺が思っていたよりもはるかに増加し、活発なものとなっているらしい。

実際に精子提供で生まれた子供も多く存在する。

その提供方法も様々。

精子のみを渡すパターンが多いが――中には、直接会って実際に性交渉をするパターンもあるそうだ。その方が医療機関を通す必要がなく、より確実で手っ取り早いから。

「…………」

なんだか――頭が揺れる。

電車の揺れのせいだけじゃない。

自分の中の価値観が、不安定になる感覚があった。

子作りを『そういうもん』と決めつけていた自分の方が、もしかしたら時代遅れで凝り固まった価値観をしていたのかもしれない。

そんな風に思ってしまった。

まだどこかグラついた気持ちのまま会社に向かうと――

「――あら。実沢くん」

「も、桃生課長……！」

エレベーターに乗るところで、偶然、桃生課長と出くわした。

「おはよう、偶然ね」

「そうですね……おはよう、ございます」

ヤバい。なんだか異様に気まずい。

昨日の今日で、まともに顔を見ることができない。

「乗らないの？」

「あっ……の、乗ります」

促され、一緒にエレベーターに乗る。

俺とは違い、桃生さんの方はいつも通りだった。昨日の全部が嘘みたいに、涼しい顔をしている。会社ではなにかスイッチが入るのだろうか。さすがだ。俺とは社会人としての経験値が違う。

エレベーターが昇り出す。

密室で二人きり。

ある意味では昨日と同じシチュエーション。

ホテルの一室、薄暗い中でもはっきりと見てしまった裸体は、鮮明に脳内に刻まれ――

って違う！　ヤバいヤバい！　なに考えてんだよ、俺！

「どうしたの、実沢くん？　顔、真っ赤だけど」

「な、なんでもないです……！　ちょっと、昨夜のこと思い出して――」

「思い出してって……～～っ⁉」

桃生さんの顔が、一瞬で沸騰するように赤くなった。

「もうっ！　こんな朝っぱらからなに考えてるのよ！」

「す、すみません……つい」

「ついじゃなくて……」

桃生さんは顔に手を当て、困り果てたような顔となってしまう。

「と、とにかく……社会人なら会社ではちゃんとしなさい。プライベートでなにがあっても、会社には持ち込まないのっ。私だって必死に……んんっ」

「……え？」

慌てて咳払いをする桃生さんだけど、それは少し遅かった。

必死に？

俺が反射的に見つめると、彼女は片手で顔を隠しながら恥ずかしそうに顔を逸らす。

「そ、そんなに見ないで……」

「……す、すみません」

昨夜のことで平常心じゃいられなかったのは、どうやら俺一人ではなかったようだ。鉄仮面が崩れ、顔の赤さを必死に誤魔化そうとしてる。その様子はなんだかとてもかわいらしかった。

やがて――エレベーターが目的の階につく。

俺と彼女の職場である、営業部のあるフロアに。

「……先に行くわね」

ドアが開いた瞬間、桃生さんは逃げるように歩き出した。

そんな彼女を、

「あっ……待ってくださいっ」

と、俺は慌てて呼び止める。

「昨夜頼まれた件、なんですけど……」

桃生さんが足を止めた。

必死に言葉を選ぶ。

場所が場所だけに、誰が聞いてるかわからない。

「その……もう少し、ちゃんと話を聞きたいです」

「………」

「一晩考えましたけど……まだまだ全然、考えがまとまらなくて……だから、もっとちゃんと、教えてもらいたい」

俺は言った。

偽らざる本音だった。

知りたい。

もっとちゃんと、知りたいのだ。

彼女の意図を、彼女の本音を。

「……お昼」

少しの間があってから、桃生さんは言う。

振り返りもしないまま。

「今日のお昼に、少し時間もらえるかしら？」

俺がそう言うと彼女は振り返りもしないまま歩いていった。

「……は、はい」

まして俺は、今月ただでさえ成績がヤバいんだ。

正直な話、仕事どころではなかったけれど、かと言って仕事をしないわけにはいかない。

人一倍頑張る必要がある。

「……ぁーっ、終わったー。飯だ、飯」

正午を迎えると、同僚の轡(くつわ)が伸びをしながら言った。

「飯行こうぜ、実沢。今日はなんにする？」

「……悪(わ)りぃ。俺、先約あるから」

「あん？」

「桃生課長に呼ばれてて」

「……うわーお。昼休みにまで説教かよ。お前も大変だな」

「あはは」

笑って適当に誤魔化す。

単なる説教や雑用だったら、どれだけ気が楽だったか。

待ち合わせの場所は——午前中に連絡を受けていた。

営業部のオフィスから、会議スペースが並ぶエリアへと移動する。

一番奥まったところにある——第五会議室。

そこが指定された場所だった。

息を整え、ノックしてから入室する。
五、六人での使用を想定しているだろう、小さな密室。長テーブルの向こうには桃生さんが座っていて、俺は向かい合うように座った。
「……ここ、初めて来ました」

「営業の人間はあんまり使わないからね。でも、なかなかいいのよ、ここ。ほとんど人が通らないから、内密な話をするにはちょうどいいの」

言いつつ、桃生さんは紙袋をテーブルに出した。

会社の近くにある、人気サンドイッチ店のロゴが書かれていた。

「これ、午前中、外に出たときに買ってきたから、よかったら食べて」

「えっ……す、すみません」

「いいのよ、私が昼時に呼び出したんだから」

「ありがとうございます。あっ……でも確か、会議室は飲食厳禁のはずじゃ……」

「ああ……それ、ほとんど守ってる人いないから大丈夫よ」

軽く溜息を吐いた後、

「まあ、どっちにしろ、ここでは食べない方がいいかもね」

食が進む話にはならなそうだから。

と。

どこか自嘲気味に桃生さんは言った。

「……本気、なんですよね」

俺は言う。

意を決して切り出す。

「昨日の件って」

「……ええ。あんなこと、冗談で言わないわ」

桃生さんは重々しく頷いた。

「どうして……」

「どうしてって？」

「だって、こんなの……ふ、普通じゃない、から……」

胸のモヤモヤを上手く言語化できず、そんな言葉しか出てこなかった。

「……確かにそうね」

桃生さんは苦笑した。

「昨日も言った通り……非常識なお願いをしてる自覚はある。でも――そこまで理解不能なことを言ってるつもりはないわ」

ねえ、実沢くん。

と桃生さんは続ける。

「恋愛も結婚もしたくない。でも子供は欲しい……私のこれ、そんなに理解できない願望かしら？」

「それ、は……」

「たぶん私はね……今実沢くんが言った『普通』ってやつにうんざりしてるのよ。普通に恋愛して、普通に結婚して、普通に子供を産む。それが女の幸せ――そういう周囲からの『普通』の押しつけに、嫌気が差してる……」

淡々と語るが、言葉の端々に強い意志が滲んでいた。

そして――同じぐらいの絶望も。

「別に他の人の価値観を否定するつもりはないわ。私だって今は恋愛も結婚も無理って思ってるけど……五年後十年後には価値観が変わって、誰かとうっかり結婚してるかもしれない。でもね――子供だけはそうはいかないの」

「………」

あっ。そうか。

今になって気づいた。

違う。子供だけは違うんだ。

恋愛と結婚は、その気になればいつでもできる。

極論、お爺ちゃんとお婆ちゃんになったって、できないことはない。

でも、子供だけは――

「私ももう、若くないからね……。あと三年で三十五歳……高齢出産と呼ばれる年齢になって、妊娠出産のリスクがどんどん上がっていく。だから今のうちに、三十代前半のうちに、どうしても子供を産んでおきたいの」

「………」

それが彼女の――人生設計、なのだろう。

考えて考えて下した、一つの決断。

俺なんかがなにかを言ったところで、考えを変えられるはずもない。

その程度の覚悟で、こんなことは言わないはずだ。

「もちろん……実沢くんにはできる限り迷惑をかけないようにする。子供が生まれた後に『認知しろ』なんて言わないし、養育費もいらない。きちんと念書を書いたっていい」

確認したわけではないけど……そうなんだろうとは思っていた。

万が一俺との関係で子供ができたら、一人でその子を育てるつもりなんだろう。

むしろ逆に、出産後に俺が関わる方が迷惑だと思う。

俺になにかを求めているわけじゃない。

欲しいのは俺ではなく――俺の子種だけなのだ。

「だから……そうね。私のことは、単なる都合のいい女とでも思ってくれればいいわ。なんの責任も感じなくていい。気が向いたとき、性処理のつもりで抱いてくれればいいから」

「性処理って……」

言いようのない感情が胸を埋め尽くす。

なんだろ、この気持ち。美人上司からこんなことを言われたなら、なにも考えず大喜びすればいいのだろうか。

あふれる性欲に身を任せればいいのだろうか。

でも残念ながら、そんな風には考えられない。

頭も胸も、なんだかいっぱいいっぱいだった。

「……勘弁してくださいよ。なんですか、都合のいい女って？」

訴えるように、俺は言う。

「そんな風には考えられないです……。だって俺――昨日まで童貞だったんですよ？　あっ、いや、厳密には今も童貞なんですけど……」

俺がもっと経験豊富ならば。

経験豊富で女遊びも激しい奴だったならば。

もっとサラッとこの問題に答えを出せたのだろうか。断るにしても引き受けるにしても、こんなにも頭を悩ませずに済むのだろうか。

「だから……ちょっと荷が重いっていうか」

別に相手を責めたいわけじゃない。

俺としては、ただ愚痴を吐き出したつもりだった。

しかし――

「それに関しては……ほ、本当にごめんなさい」

桃生さんは深々と頭を下げた。

ずーんと陰を背負い、罪悪感に押し潰されそうな顔となっている。

あれ？　なんか急にテンションが……。

「そうよね……実沢くんは、昨日が初めてだったのよね……。人生で一度しかない大事な思い出なのに……私のせいで、あんな中途半端に」

「……いや、あの」

「だってまさか、あんなに早く……」

「……っ」

俺の初体験失敗について、桃生さんは思ったより気に病んでいたらしい。

嬉しい……くはないな。うん。

むしろそこに関しては……あんまり気にしないでいてほしかった。

傷口をほじくり返されてる気分だ。

「で、でもねっ、私も一応、努力はしたのよ？　できる限りいい思い出にしてあげたいとは思ったし……あなたが見当違いなとこを触ってきても、指摘はしないで演技をするようにして……」

「……ぐふっ」

致命傷！

むしろ今のが致命傷だった！

傷口の上から、思い切りぶっ刺された！

「わ、私もそんなに経験ある方じゃないけれど……もし頼みを引き受けてくれるなら、今度はちゃんとリードして……え？　ち、違う違う……なんの話してるの、私⁉」

「……あの、そろそろやめませんか。俺のナイーブな部分に触れるのは」

パニックに陥ってる桃生さんに、俺は瀕死ながらも言葉を絞り出す。

もはや命乞いに近かった。

「そ、そうね……んんっ。ちょっと落ち着きましょうか……」

桃生さんは咳払いをし、小さく息を吐いた。

そして改まった口調で、

「とりあえず、話は大体終わったかしら」

と言って、そして席を立った。

「昨日も言ったけど、無理強いするつもりは全くないから。嫌なら嫌できっぱりと断ってほしい」

でも、と続ける。

「答えがどうであれ……早く答えがもらえると嬉しいわ。さっきも言ったように……私にはもう、あんまり時間がないから」

自嘲気味にそう言った後、桃生さんは部屋から出て行った。

俺はしばらく考え込んだ後、サンドイッチの紙袋を持って後に続いた。


幸か不幸か仕事は山積み。

それに忙殺されている間は余計なことを考えずに済んだ。

あっと言う間に終業時刻がやってくる。

と言っても終業時刻ジャストで帰れるわけもなく、一、二時間ほど残業して今日の業務は終わりだ。

会社を出ようとすると、死にそうな顔の人間と何度かすれ違った。たぶん編集部だろう。外で夕飯を食べてこれからまた仕事のはずだ。終電or泊まり込みがデフォルトの編集部からすれば、営業部の残業なんてかわいいものなんだろう。

「どうするよ、実沢。どっか飯行くか？」

会社を出たあたりで、一緒に歩いてきていた轡が言った。

「どうすっかな……」

「おいおい。大丈夫かよ、お前？　なんか今日、ずっと顔色悪いぜ」

　やや心配そうに言った後、軽い口調で続ける。

「よし、決めた！　パーッと飲み行こうぜ。女の子いるとこ。な？」

「行かねえよ。俺、そういうとこ苦手だって言ってるだろ」

「はぁん。ほんとノリ悪いなあ、実沢は」

「そっちこそいいのかよ。彼女いるくせにそんな店行って」

「ああ、あいつとはもう別れた」

　サラッと。

　どうでもよさそうに轡は言う。

　轡の彼女——前に一度だけ写真を見せてもらったことがある。確か飲み会で出会った看護師と言ってたけど……そうか。別れたのか。

「つってもまあ、たまに会ってセックスはしてるけどな」

「セッ……」

　驚いて言葉に詰まる。

「……セ、セフレってことか？」

「そんなご人層なもんじゃねえよ。いろいろ面倒になって別れるけど、お互いフリーなうちは遊ぼうぜって感じ」

「……………」

飄々と語られるそれは、俺には別世界のことのように思えた。

なんだろうな。

案外みんな、そんなもんなのかな。

社会人って大人って……そういうもんなのかな。

なんていうか……軽い。

セックスが軽い。

そこまで重く考えてない。

別に俺だって「結婚する人とじゃなきゃセックスしちゃダメ！」みたいな高い貞操観念を持ってたわけじゃないけど……それでもなんとなく「付き合ってもない人とヤるのはよくない」ぐらいには思っていた。

セックスを、どこか神聖視する気持ちがあった。

恋愛におけるゴールのように捉えている節があった。

でも、そういうのは……童貞の学生らしい純朴な価値観で、大人の価値観ではないのだろうか。

「……」

あー、いや。

そもそも俺も人のことなにも言えないか。

結果的に不発に終わっただけで——俺は昨日、桃生さんを抱こうとしたのだから。

付き合ってもない相手と、酒の勢いで、性欲に負けて、ただ快楽のためだけにセックスしようとしたんだ。「付き合う前にヤるのはよくない」と思ってたくせに、いざ裸で迫られたらなにも我慢できなかったんだ。

なんか……ダサいな。

中途半端で嫌になる。

無垢な子供というほど清廉でも潔癖でもないくせに、あれこれ割り切って考えられるほど大人でもない。

子供でも大人でもない、本当に中途半端な存在が、俺だったらしい。

「でもさあ。最近そいつ、新しい男できそうなんだよな」

俺の悩みなんて露知らず、轡は呆れ口調で元カノ話を続ける。

「しかも相手は医者だってよ。別に未練があるわけでもねえけどさ。なーんか、勝手に惨めな気分になるよな。自分が抱いた女、別のハイスペックな男に取られそうになると」

「――っ」

何気ない一言で、ハッとする。

轡は「これがいわゆる『寝取られ』っていうやつなんかねー？」とか半笑いで言ってるが、そんな言葉はもう耳に入らない。

新しい男。

別のハイスペックな男。

ああ、そうか。

なんでこの発想まで思い至らなかったんだろう。

自分のことで手一杯で、相手のことをなにも考えてなかった。

桃生さんの頼み事。

もし俺が断った場合、彼女がその後どうするのか――

轡とはすぐに別れ、俺はコンビニ弁当を買ってから家に帰った。

普段通りの寂しい夕食を済ませつつ――考えと決意を固めた。

空箱をゴミ箱に捨てた後、電話をかける。

一応連絡先は知っていたけれど、こんなプライベートな用事で電話をかけるのは初めての経験であった。

『もしもし』

相手は、桃生さんだった。

「突然すみません。今、大丈夫でしたか？」

『ええ。シャワー浴びてたけど、今ちょうど出たところだったから』

シャワー。

一瞬ドキッとするけど、今更このレベルのことでドキッとしてる場合じゃないのだろう。思春期の高校生みたいな反応はしてられない。

もっともっと――踏み込んだ話をしようとしてるのだから。

『それで……なんの電話なの？』

まあ、大体予想はつくけれど。

と、桃生さんは続けた。

『私の頼み事、引き受けるか否か、答えが出たってことでいいのかしら』

「……はい」

俺は言った。

覚悟と共に頷いた。

「あの……でも、最後に一つだけ、確認させてください」

『確認？』

「もしも……もしも俺がこの話を断ったら——桃生課長はその後、どうするんですか？」

『……そうね』

少しの間を空けてから、彼女は言う。

『実沢くんがダメなら——誰か他の相手を探すしかないでしょうね』

呼吸が止まる。わかりきっていた答えのはずなのに、いざ本人の口から聞くと、脱力感にも似た虚しさが全身を押し潰すようだった。

ああ、そうだ。そうだよ。

当たり前の話だ。

俺が特別だったわけじゃない。

相手は——誰だってよかったんだ。

俺じゃなきゃダメなわけじゃない。

ダメならダメで次を探すだけの話。

誰か他の男を。

生殖能力のある雄を。

彼女が求めているのは、健康な精子だけなのだから。

桃生さんほどの美人なら夜の相手を探すのは簡単だろう。

それこそ流行り(はや)のSNSで、精子提供している人を探したっていい。調べて驚いたけど、最近は精子提供のマッチングサービスまであるようだ。

方法なんていくらでもある。

相手なんていくらでもいる。

俺が断ったところで、彼女は全く困らない——

『……軽蔑した？　こんなに必死で節操のない女の相手なんて、普通なら嫌よね。当然よ。変な話に巻き込んで、本当にごめ——』

「やります」

俺は言った。

迷いなく——言った。

『……え？』

「やります。桃生さんの頼み、俺が引き受けます」

言葉を繰り返す。

強い決意と共に。

なんてことはない。

結局は……シンプルな話だった。

彼女にとっての俺は、特別でもなんでもなかった。

それが十分わかった上で、今度は俺の気持ちと向き合った。

要するに——嫌だったのだ。

彼女が、他の男に抱かれることが。

ただそれが嫌だった。

無性に嫌だった。

この感情がなんなのかは、自分でもよくわからない。

恋愛感情に近いものなのか。あるいは抱きかけた女を他に取られることを、雄の本能みたいな部分が拒絶しているのか。それとも単に、童貞を卒業させてくれる都合のいい女が欲しいだけなのか。

恋心か。幼稚な独占欲か。醜い性欲か。他の男への嫉妬か。勝手に寝取られるみたいな気持ちになって忌避感を抱いているのか。

胸の中では、あらゆる感情が綯(な)い交(ま)ぜになっている。

このグチャグチャな心の正体は、自分でもよくわからない。

ただ無性に嫌だった。

憧れの上司が、他の男に抱かれることが。

嫌で嫌でたまらない。

他の男に抱かれるぐらいなら——俺が抱いてしまいたい。

「俺なんかでよければ……全力でお相手します。だから、むしろこっちからお願いします。俺にあなたを抱かせてください！」

俺は言った。

自分でも驚くほど、大きな声になってしまった。

数秒遅れて、彼女は小さな声で言う。

『……ありがとう』

と。

その一言だけで、なんだか満たされた気持ちになった。

⚤

実沢くんとの電話が終わると、ドッと力が抜けた。

ヘナヘナと、自室の床に力なく倒れ込む。

手の中のスマホを握りしめ、息を吐き出す。

「……よかったぁ」

よかった。

本当によかった。

もし断られたら、どうしようかと思っていた。

上司という立場上、彼の前では毅然とした態度で振る舞うように心がけていたけれど
……内心では、不安で不安で堪らなかった。

だって……そうでしょ？

いきなり『子作りだけしてほしい』なんて。

そんな女、ドン引きされたっておかしくない……！

若い子ならまだしも……私はもう、決して若くはない。

彼より十も年上。

まだまだ若いつもりではいるけど、二十歳そこそこの子からしたらおばさんみたいなものだろう。

まして実沢くんは……は、初めてだったわけだし。未経験の人には、なかなかハードルが高いお願いをしてしまったと思う。

断ったってなにもおかしくない。

むしろそっちの方が普通。

でも。

それでも断られてしまったら……今後の私達の関係は相当気まずいものとなっていたと思う。「今まで通りの上司と部下に戻りましょう」なんて言ったけど、そう簡単に元の関係に戻れるはずもない。

もっと言えば。

実沢くんが、このことを周囲に言いふらす可能性だってあった。

そうなれば私は……社会的に終わっていただろう。

もちろん彼ならそんなことはしないという信頼はあったけど……でも。

極論――私をセクハラで訴えることだって可能だったはず。

一歩引いて見れば……三十過ぎた上司が、二十歳そこそこの部下に立場を利用して体の関係を迫った図式となる。そんなもの、セクハラ以外のなにものでもない。

怖かった。

リスクを承知で一歩踏み出した。

それでもやっぱり、怖くて堪らなかった。

だから今、ようやく一息つける。

――俺にあなたを抱かせてください！

「〜〜っ」

彼の言葉を思い出し、顔が熱くなる。

な、なにを言ってるのかしら、実沢くん……？

いや間違ってはない。

間違ってはないんだけど！

だからってあそこまで熱く語らなくてもいいのに。

まっすぐ過ぎて照れてしまう。

まるで、愛の告白みたいなテンションで――

「……そんなわけないか」

一瞬舞い上がりそうになったけれど、心の奥にはどこか冷めた自分がいて、浮かれた気持ちに冷や水をかけてきた。体の熱が急に引いていく。

落ち着こう。

余計な感情を抱くのは止めよう。

実沢くんはきっと——優しいから私の頼みを引き受けてくれただけ。

まあ、多少なりとも私を女として見てくれている部分はあると思う。

でもそれは、単なる性欲。

決して恋愛感情なんかではない。

彼みたいな若い子が、私みたいな女を相手にするはずがない。

十も年上で、性格もキツくて、仕事ぐらいしか取り柄のない女。

そんな女に恋愛感情なんて抱くわけがない。

性欲以外の価値を見出(みいだ)すはずもない。

あるいは単に——同情してくれただけなのかもしれない。

三十路(みそじ)を超えた行き遅れの女が、結婚や恋愛の責務を放棄しながら子供だけは必死に欲しがってる。そんな女があまりに惨めで無様で、手を差し伸べずにはいられなかったのかもしれない。

「……それでいいわ」

それでいい。

同情でもなんでもいい。

子供さえできれば、それでいい。

そのために──彼を選んだのだから。

私の望みを叶(かな)えるには──実沢春彦(はるひこ)が一番の適役であるはず。

第三章　桃生さんの弱点

淫惑の女体が目に飛び込んでくる。

「実沢くん……」

ホテルの一室。

一糸まとわぬ桃生さんが、ベッドに寝そべってる俺へと這い寄ってくる。

四つん這いで舌なめずりをする姿は、どこか肉食獣を思わせた。

「も、桃生課長……」

「あんっ。いいのよ。実沢くんは寝てるだけでいいから」

体を起こそうとした俺を制し、覆い被さるようにしてくる。

豊満な乳房が動きに合わせて揺れるたび、雄の本能が刺激される。

興奮の余り目眩がしてきた。

「本当にありがとう。私と子作り、する気になってくれて」

「いや……その」

「お礼に――たっぷりサービスしてあげるから」

極めて艶麗な笑みを浮かべ、俺の体に触れてくる。

細い指が全身をまさぐるように這うと、ビクビクと全身が震えた。

「うふふ。敏感なのね。さすが童貞くん」

「……っ」

「かわいい。なんだか子供みたい……まあでも、こっちの方は全然子供じゃないみたいだけど」

「……ああっ」

「ああんっ……すっごいわ。やっぱり若い子は違うわね」

全身を密着させながら、熟練の手つきで俺を責め立ててくる。

こちらを見つめる目つきはあまりに淫らで蠱惑的で、見つめた男全てを虜にし堕落させそうな淫猥さに満ち満ちていた。

未経験の俺は、熟達した愛撫を前に情けなく喘ぐことしかできない。

「それじゃ……そろそろ本番といきましょうか」

上体を起こし、むっちりとした太ももで俺をまたぐようにする。

そして。

彼女がリードする形で、結合へと導かれる。

「溜まってるもの、たっぷり搾り取ってあげるから」

そして桃生さんは腰を動かし、俺自身を貪るように貪欲に――


そこで目が覚めた。

「～～～っ」

起床直後から頭を抱える。

罪悪感と自己嫌悪で死にそうになる。

うわぁ……うわぁあああああ！

ヤバい、キツい、しんどい。

なんっっっって夢を見てんだよ、俺は!?

どこの官能小説だよ!?

ああ、恥ずかしい。

ただエロい夢ならまだしも……俺が完全に受け身なのがまたキツい。

寝てるだけでされるがまま。

なんだよ……これが俺の、隠れた願望なのか？　性癖なのか？

桃生さんも全然キャラ違ったし。

欲求不満の淫乱熟女みたいになってたし。

あんなんじゃないだろ、桃生さんは。実際この前のホテルでも、淫乱どころかかわいいぐらいに恥じらってて……いや、違う！

そうじゃなくて！

「……はあ」

深く息を吐き、ベッドから下りる。

桃生さんの頼みを引き受けると決めてから、早三日。

未だに話の進展はない。

おかげで俺は悶々としてる状態が続き……だからまあ、あんな夢を見てしまったのかもしれない。

一口に出版社の営業といっても、部署ごとに担当する書籍は違う。

俺のいる第三営業課では、主にビジネス書やダイエット本などの実用書を担当している。

「桃生課長、先週のPOSデータ出ました」

「ありがとう。共有して」

オフィス内のスペースに、同じ課のメンバーで固まる。

週明けに届く実売のデータを確認しながら、桃生さんが中心となって今後の営業方針を固めていく。

「マンダラーさんの『音楽と生きていく』、かなり動いてますねー」

「主催のオーディション番組、バズってるもんな」

「今月頭に重版しましたけど、すぐにまた重版いきそうですね」

「桃生課長の采配がズバリですよ。あのオーディション番組は絶対当たるって読んで強気の施策しかけましたからね」

メンバーが絶賛するも、

「お世辞はいいから、ちゃんと仕事しなさい」

表情一つ変えず、淡々と返す桃生さん。

その後も全員でデータを元にあれこれと話し合い、営業戦略を練っていく。

まだまだ経験の浅い俺はあまり会話に参加できない。しかしだからといって無言でいていいはずもなく、できる限り意見は出すよう努力はした。

会議は三十分ほどで終了。

各々が仕事に戻る中、

「実沢くん」

と俺を呼び止める声。桃生さんだった。

「午後までにこの資料、読んでおいて。外回りの前までに」

「あっ、はい」

資料の束を渡される。

今日の午後は、桃生さんと二人で外回りに出かける予定となっていた。

「必ず読むように」

「はい、わかりました」

「一枚一枚、ちゃんと全部読んで」

「え……は、はい」

「絶対によ。誰かと話しながらとかじゃなくて、一人で集中して読んでね」

「……はい」

不自然なほどに念を押してから、桃生さんは去っていく。

訝しく思いながらも、俺は資料を持って席に戻る。指示通り、一人で集中して読み始めようとしたところで――彼女の意図に気づいた。

資料を一枚めくったところに、付箋が挟んであった。

『外回り中に時間が空いたら
例の件について話し合いましょう』

ちょっと大きめの付箋に、手書きの文字でこう書かれていた。

「…………」

なるほど。

これがあったから、念を押してきたわけか。

資料に紛れ込ませた、俺だけに向けたメッセージ。

宙ぶらりんになっていた例の件が、ようやく進展を見せそうだった。

鼓動が速くなる一方……ツッコみたい気持ちも生まれた。

同じオフィスにいる者同士が、誰にも言えない会話を付箋を通して行う――それ自体は、なんというか王道だろう。

ドラマや漫画でよく見たやつだ。

他の人が普通に仕事してる中、隠れて行う秘密のメッセージ交換。

なるほど、理屈はわかる。

でも——

⚥

ふふん。

我ながら完璧ね。

資料に交ぜて、付箋でメッセージを送る。

そして、さりげなく念を押す。

社内で秘密のやり取りをするってなったら、やっぱりこれよね！

ドラマとかでよく見た気がする。

王道よ、王道！

他の人が仕事をしてる中でこんなことをするなんて、なんだかすごい背徳感で緊張しちゃうけど、でも他に方法は思いつかないし——

と、そこで。

スマホが震えた。

実沢くんからのメッセージだった。

『付箋の件、了解しました
でも、普通にこうして送った方が早いのでは・・・？
スマホ見られて困るようなパートナー
お互いにいないわけですし』

「…………」


あっ。そうか。

普通にスマホで言えばいいんだ。

付箋のやり取りは王道って言っても……なんていうのか、いわゆる不倫ドラマの王道だったかもしれない。

オフィス内不倫ラブロマンスの王道。

スマホや携帯に履歴を残しておくとまずい既婚者だからこそ、すぐに処分できる付箋などを用いる。

でも私達は二人とも未婚でパートナーもなし。

誰かにメッセージを覗き見られる心配はない。むしろこうやって、職場内で付箋でコソコソしてる方がリスクは大きいのかもしれない。

つまり私がやった付箋メッセージには……なんの意味もなかった。

「……～～っ」

は、恥ずかしいっ！

『なんだかドラマみたい』と浮かれてた自分が恥ずかしい！

それをこんな冷静に突っ込まれるなんて！

『それもそうね
今度からそうしましょう』

精一杯冷静さを装ってメッセージを返す。

自分の席に座ってる実沢くんに視線をやると……なんとも言えない、居たたまれないような顔でこちらを見ていた。

直視できず、顔を伏せて目を逸らす。

ああ……なんて思われたんだろう。『仕事以外は意外とポンコツだな、この上司』って思われちゃってたら……どうしよう？

あっという間に午後になる。

予定通り、桃生さんと二人で外回りに向かう。

実店舗での売り場状況を見て回るのも、営業の大切な仕事の一つだ。

「よし。行くわよ、実沢くん」

「はい」

「ちゃんと拡材は持った？」

「ばっちりです」

両手の紙袋を掲げる。

角材ではなく拡材。

業界用語の一種で、簡単に言えば売り上げを伸ばす宣伝アイテムのことだ。

書店に飾るPOPやポスター、試し読み用小冊子、購入特典でもらえる景品などがこれに当たる。

基本的には本と一緒に書店へと配送されるが、営業が書店回りの際に持ち込むこともなくはない。

「まずは渋谷の『タツヤ』ね……あそこの担当さんは結構頻繁に売り場を変える人だから——」

桃生さんが呟(つぶや)きつつ営業部のフロアを出たところで、

「本当に申し訳ありません！　すぐに対応しますので……！」

切羽詰まった声が聞こえた。

廊下で、同期の鹿又(かのまた)が誰かと電話をしているところだった。

ひどく焦った様子で、誰もいないのに何度も頭を下げている。

「はい、はい……ご迷惑おかけします……。……はぁー」

電話を切った後に深々と溜息(ためいき)を吐き、その後ようやく俺達に気づく。

「あっ、桃生課長……と、実沢くん」

「なにかトラブル？」

「はい、実は……うちのバイトがちょっとやらかしまして」

俺と鹿又は同じ営業部配属だが、課が違う。

向こうが営業一課で、俺と桃生さんは三課。

一課は、漫画・ラノベなどを担当する部署であり——そして社内で最も高い業績を叩き出している営業部署でもある。

世間的に、そして社内でも『マルヤマ社は漫画とラノベで大きくなった会社』というイメージがある。

「アニメ化作品のフェアで使うサイン本、発送するの忘れちゃったんですよ……。今日中に書店に届いてなきゃいけないのに……」

「バイトに責任を押しつけちゃダメよ。ちゃんと最後は、社員が確認をしておかないと」

「……おっしゃる通りです。今、手が空いてる人で直接持ってこうと思ってるんですけど、今回、結構書店が多くて……」

「ちょっと見せて」

鹿又が持っていた紙を受け取る。

フェアの担当書店一覧が記されていた。

桃生さんはペンを取り出すと、紙にいくつか丸をつけだした。

そして用紙を鹿又へと返す。

「丸をつけた書店には、私と実沢くんで届けておくわ」

「えっ！　い、いいんですか……!?　でも、桃生課長にわざわざお願いするのは……」

「外回りのついでに、行けそうなところに行くだけよ。気にしなくていいわ」

「あ、ありがとうございます！　助かります！」

深々と頭を下げる鹿又。

さすが桃生さん。態度こそ冷淡で素っ気ないけど、本当はとても仲間思いで部下思いの人なのである。

「じゃあ、これ、お願いします」

鹿又は嬉しそうに言いながら、桃生さんになにかを手渡す。

それは――車の鍵だった。

「……え？　これって」

「営業車の鍵です。今回のフェア、サイン本がとにかく多くて……。ちょうど段ボールを車に運び終わったところだったんで……桃生課長、使ってください！　四番の営業車です！　私は他に動ける人、探しに行きます」

本当にありがとうございます！

と言って、鹿又は忙しそうに去っていく。

サイン本は思ったより大量にあったらしい。段ボール詰めとなれば、さすがに車じゃないと運べないだろう。

普段の外回りは大抵電車移動だけど、今日は営業車が使えるわけか。

そんなことを考えていて――ふと気づく。

「……え？　桃生課長？」

隣に立つ彼女が、青い顔で立ちすくんでいたことに。


一旦ビルの外に出て、駐車場へと向かう。

トランクの中にサイン本入り段ボールがちゃんと入っているのを確認した後、俺達二人は四番の営業車に乗り込んだ。

運転は桃生さん。

上司である彼女がなにも言わずに運転席に座ったので、俺もまたなにも言わずに反対の助手席へと座った。

しかし直後――俺はこの判断を深く後悔する。

車が道路に出た瞬間から、大変なこととなった。

「……あの、桃生課長」

「…………」

「桃生課長……っ」

「…………」

「ちょっと……遅くないですか？」

遅い。

いくらなんでも、車のスピードが遅すぎる。

後ろの人がいつクラクションを鳴らしてもおかしくないレベル。

「さすがに、もう少しスピード出した方が――」

「は、話しかけないで！」

突然の絶叫。

運転席の桃生さんは……顔面蒼白(そうはく)となっていた。

凄(すさ)まじく前のめりの姿勢で、ハンドルを握る手はガチガチ。全く余裕のない追い詰められた目で前方を睨(にら)みつけている。

……いや、待って。

ちょ、ちょっと待ってマジで！

「も、桃生課長……」

「話しかけないでって言ってるでしょ……！　大丈夫……大丈夫よ！　あ、安全が第一だから……事故さえ起こさなければいいのよ……事故さえ」

「……免許、持ってるんですよね？」

「あ、当たり前でしょ……？　しかも、ゴールドよ、ゴールド！　ちゃんと……ゴールド免許持ってるんだから」

「じゃあ、その……最後に運転したの、いつですか？」

「……十年前ぐらい」

ボソッと言った一言に、サッと血の気が引く。

十年前!?

そんなもん、もはや無免許と変わらないから！

ゴールドって……ただ乗ってないから無事故無違反なだけじゃん！

「だ、大丈夫よ！　安心して！　タクシーならよく利用してるから……道はバッチリ覚えてるし」

「そう言われても……あっ」

「えっ!?　な、なに!?　どうしたの!?」

「今のとこ、右に曲がらないと」

「嘘……そ、そういう大事なことはもっと早く言いなさい！」

「す、すみません。とりあえず車線変更して、次を右に曲がれば」

「しゃ、車線変更!? ど、どうするんだっけ……!? 確か、ここをこうして……」

「いやそれ、ワイパーですって！」

「じょ、冗談よ、冗談っ！ えっと、このレバーを引くんだったかしら……？」

「それはボンネット開くレバーです！」

もはや命の危機を感じるレベルだったので、俺は強く言う。

「もうどっか停めてください！ 代わりますから！」


近くのコンビニに停車してもらった後、運転を代わった。もちろんコンビニに寄ることも一大事で、行けそうなところを三カ所スルーし、四カ所目でようやく駐車場に入ることができた。

目的地の書店に向け、ごくごく普通に車を走らせる。

助手席に座る桃生さんは、シュンと落ち込んで小さくなっていた。

「……だって、しょうがないでしょ？」

なにも言ってないのに、一人言い訳するようにしゃべり出す。

「運転する機会なんて、全然なかったんだもの」

「……まあ、都内だと運転しなくてもどうとでもなりますからね。電車とタクシーでどこにでも行けますし。免許持ってない人も多いですし」

ウィンカーを上げ、後ろを確認してから車線変更する。

隣の桃生さんが感嘆の息を漏らした。

「実沢くんは……運転、上手なのね」

「このぐらい普通ですよ」

「普段から乗ってるの？」

「いえ、全然。大学で免許取って、それ以来ですよ」

「……そう。私と同じね。私も大学で免許だけは取ったけど、全然乗ってなくて」

でも、と桃生さんは続ける。

深く気落ちした声音で。

「……実沢くんにとっては『ついこの前』なんでしょうけど、私にとっては『十年前』なのよね、大学時代って……。全然同じじゃないわよね、記憶の鮮度が……」

「お、落ち込まないでくださいよ……」

デリケートな問題のようで、どうフォローしたらいいかわからなかった。

俺が言葉に詰まっていると、

「んんっ。とにかく」

桃生さんは咳払い（せきばら）いをして姿勢を正した。

「少し急ぎましょうか。だいぶ遅れているし」

「はい」

静かに頷（うなず）く。

予定から遅れているのは主に桃生さんの運転トラブルのせいな気もするけど……まあ、せっかく立ち直ってくれたのだから余計なことは言うまい。

「外回りの予定が片づいたら……」

少し間を空けて、桃生さんは言う。

「付箋の件についても、話をしましょう」

「……はい」

緊張を孕（はら）む声に、俺はまた静かに頷いた。

外回りの仕事自体は滞りなく終わった。

それぞれの書店の担当者に拡材を渡して挨拶し、担当書籍が置いてある売り場を確認。

頼まれたサイン本もきちんと置いてきた。

そして。

最後の書店での仕事を終え、駐車場に戻った後——

「……具体的な方法に関してだけど」

夕日が差し込む車内で、桃生さんは切り出した。

付箋の件。

俺との、子作りの計画について。

結果論になるけど、営業車を借りられたのはよかったかもしれない。

この密室ならば、誰に聞かれる心配もなく内密な話ができる。

「実沢くんは、タイミング法ってわかる？」

「えっと……聞いたことはある気がするんですけど」

「不妊治療のレベル1、みたいな方法ね。簡単に言えば、女性が妊娠しやすい日を狙って性交渉することよ。女性には月に一度、そういうタイミングがあるの」

ふむ。

俗に言う『危険日』ってやつか。

「そういう日になったら私から連絡する。その周期にはできるだけ、私と関係を持つようにしてほしい」

真面目な顔で、真面目な口調で、桃生さんは言う。

それこそ、不妊治療の指導をする医者のような口調だ。

内容が内容だけにどうしても恥ずかしくなってしまっていたが、そんな感情を覚えるのは失礼だろう。

この人は真剣なんだ。

俺だって、真面目に応えなければならない。

「……わかりました」

「と言っても……いきなりこんな要求は酷よね。安心して。『その日以外は禁止』とか厳しくするつもりはないわ」

小さく息を吐き、小さく笑う桃生さん。

少し口調が優しくなった。

「結構プレッシャーよね。『この日、この時間帯に絶対しなきゃいけない』みたいなのって。実際、それが精神的な負担になって妊活に失敗する夫婦も多いらしいし」

「…………」

「もう少しフランクにした方が、お互いに気が楽だと思うの。その日以外にしても悪いことはないしね。むしろ確率があがるだけだし……。だから実沢くんの方からも……気が乗ったときに誘ってくれていいから」

「気が乗ったとき、っていうと……？」

「それは、その……」

言い淀む桃生さん。やがて顔を真っ赤にしてポツリと漏らす。

「わ、私を、抱いてもいいと思った日よ……」

「……あ、あー……なる、ほど……」

察しが悪いせいで余計なことを言わせてしまった。

そりゃそうか。そういう意味だよな。

要するに話をまとめると――

月に一度、外せない時期がある。

でもその日以外でも、気が向いたら誘ってオッケー。

ということか。

……なんだろう。

いくらなんでも、俺に都合がよすぎないか？

桃生さんは『都合のいい女と思っていい』とは言ってたけど、これじゃ本当に都合のいいセフレみたいな扱いのような……いや、セフレなんていたことないからわからないんだけど。

俺の気が向いたとき、か……。

さすがに『毎日でも大丈夫です』とか言ったらドン引きされるのかな？

「——それで」

悶々とする俺をよそに、桃生さんは話を進める。

「前にも言ったけど、一応、誓約書は作っておきましょう」

「誓約書……」

「念のためにね。『この件については口外禁止』とか、親権や養育費についてとか、きちんと書面で残した方が安心できるでしょう？」

確かにそうかもしれない。

何事も書面で残す。

取引先との重要な約束や連絡は、電話ではなくメールで。

社会人の基本だ。

「あと考えたんだけど……やっぱりお金は払った方がいいと思うの」

少し言いにくそうに、桃生さんは言う。

「お金、ですか……」

「だってそうでしょう？　好きでもない相手とそういうことするわけなんだから、お金ぐらいもらっておかないと。その方が後腐れなく割り切った関係にできると思うし」

「…………」

心が少し冷える。舞い上がっていた気持ちが少しだけ萎えた。

金を請求されても不思議じゃない。

まあ、そりゃそうだよな。

俺達は恋人同士でもないし、なんならセフレですらない。

俺みたいに恋愛経験のない童貞の相手なんて、金でももらえなければやってられないのだろう。

「金額は……三万円でどうかしら？　一回につき三万ってことで」

三万円。

なんだか生々しい金額だ。

決して安くはない。でもその金額でこの人と一晩関係を持てるのであれば、決して高くない。むしろ破格だとさえ思う。

「金額に納得いかないなら、もう少し検討してもいいけど……」

「……いえ、大丈夫です。三万円でお願いします」

「ありがとう」

一拍置いて、桃生さんは続ける。

「じゃあ——翌日には振り込むようにするから、今度、口座番号を教えて」

「……へ？」

「なに？　現金の方がいい？」

「いや、そうじゃなくて……あれ？　も、桃生課長が払うんですか？」

「当たり前でしょう」

きょとんとして言う桃生さん。

あれ？　当たり前なのか？

「私から頼んでるのよ？　私が払うに決まってるじゃない。こないだみたいにお酒の流れとかならまだしも、何度もお願いするってなったら、お金ぐらい払わないと……」

「そ、そうか。なんだ……てっきり俺が払うのだとばっかり」

「？　なんで実沢くんが払うの？」

「だから、なんというか、お、お礼的なものかと」

「お礼……？　え？　え……ちょ、ちょっと待って」

困惑の声を上げる桃生さん。

「……実沢くん、自分がお金を出す方だと思ってたの？」

「はい」

「それで……オッケーしたってこと？」

「……はい」

「つ、つまりそれって……お金払ってでも、私と……セックスしたかったってこと？」

「…………そ、そうなってしまいますね、結果的に」

「……〜〜っ！」

羞恥心に耐えて言葉を絞り出すと、桃生さんは顔を真っ赤にした。

「な、なに考えてるのよ、もうっ……。ダメでしょ、そんなことにお金使っちゃ……。私とするためにお金払うなんて……そっちになんの得があるの⁉」

「それは……で、できること自体が、得と言いますか」

「……っ」

「桃生課長みたいに綺麗(きれい)な人とできるなら、三万円は破格のような気もして」

「～～っ。そ、そういうことを言ってるんじゃないの！」

真っ赤な顔で怒鳴る桃生さん。

「だいたいねっ、私、お金で体を売ったりしないから！　十万……ううん、百万円だって絶対にしないわ！　嫌な相手とは絶対にしない！　そんな安い女じゃないのよ、私は！」

早口で言い切るが、段々と口調が弱々しくなっていく。

「……け、結果的にはお金をもらうどころか、お金を払おうとしたんだけど……安売りどころの騒ぎじゃないんだけど、でもそれとこれとは全然違う話で、どう違うかは……ええと、ええと」

「お、落ち着いてください！　言いたいことは伝わってますから！」

お互いに数秒、息を整えた。

「と、とりあえず……お金はなしでいいんじゃないでしょうか？」

「……そうね。そうしましょう」

会社に戻る頃には、ちょうど日が暮れていた。

ビルの入り口近くで、桃生さんだけを降ろす。

「営業車を返したら、今日は帰っていいわよ」

車を降りた後、運転席の俺に向かって言う。

桃生さんはまだ仕事をしていくらしい。管理職の仕事量と気苦労は、俺とは比較にならないんだろう。

「わかりました。お先に失礼します」

「お疲れ様。あっ。あと……」

「はい？」

なにかを言いかけるが、

「……ううん。やっぱり後で連絡するわ」

小さく首を振り、そう告げて桃生さんは去っていく。

彼女を見送った後、車を走らせて駐車場へと向かう。

営業車を指定の場所に停め、鍵を返して帰路についた辺りで——桃生さんからのメッセージがあった。

その内容を見て、納得する。

なるほど。

これは確かに、面と向かっては言いづらい内容だろう。

『今週の土曜日の夜
もし空いてるなら、私の家に来てください』

素っ気ない、最低限のお誘いの文句。
でもそれだけで、十分意図は伝わる。
彼女が俺を招き入れる理由なんて、それ以外にないのだから。
初体験のリベンジは、上司の自宅になりそうだった。

第四章　桃生課長の自宅

約束の土曜日。

普段は利用しない駅で降りて、指定された住所に向かう。タクシーを使ってもいいと言われたけど、申し訳ないので電車で来た。

スマホ片手に、マンションが並ぶ住宅街を歩いて行く。

「ここか……」

タワマンとか億ションとかのレベルではないが、そこそこ高層でそこそこ高級そうなマンションだった。

ここが、桃生（ものう）さんの住む家。

なんだか信じられない。

自分があの人の自宅に来るなんて、少し前までは考えもしなかった。

普段生活してる部屋で、これからなにをするのか……それを少し考えただけで、目眩（めまい）がしそうになってくる。

意を決してエントランスをくぐり、オートロックを突破して彼女の部屋へ。

「いらっしゃい」

玄関のドアが開かれると、桃生さんが出迎えてくれた。

格好は——なんと私服だった。

ノースリーブのニットに、細身のパンツ。

大人の女性の落ち着いた服、という印象を受ける。

私服を見たのは、これが初めてかもしれない。

普段のスーツ姿とのギャップもあるせいか、なんだかすごく魅力的に見えたし、同時にイケないものを見てしまった気分にもさせられた。

「お、お邪魔します……」

緊張しつつ、靴を脱いで中に入る。

第一印象は——綺麗な部屋、だった。

一人暮らしにしては少々広めの、１ＬＤＫ。

真っ白な壁と黒いソファ。

部屋の中央にはカーペットとテーブル。

さっぱりと片付いていて物があまり多くない。掃除機や空気清浄機など、いくつかの最新家電が並ぶぐらいで、好みや人間性が見えてくるものがない。

なんというか。

家具雑誌に載ってるサンプルルーム、みたいな感じだ。

「部屋、綺麗ですね。ちゃんと掃除も行き届いてて」

「一人暮らしだから散らからないだけよ。部屋なんて、帰ってきて寝るだけだから。まあ、個人的に汚い部屋が許せないっていうのもあるけど」

イメージ通りというべきか。

桃生さんはやはり、プライベートでもきっちりした人だったらしい。

「まあ……どうぞ、座って」

会話に困ったように言う桃生さん。

とりあえずソファに座る。

「えっと……私も、座っていいかしら？」

「どうぞどうぞっ」

「あ、ありがとうっ……」

桃生さんが隣に腰掛ける。だいぶ距離を空けて。

お互いにわかりやすいぐらいテンパっていた。

いやこれ、どうしたらいいだろ？

今日来た目的は明確だけど……だからってなんの前置きもなくいきなり押っ始めるのも違う気がするし。かと言って映画とか見始めるのも、相手の時間を無駄にさせるようで申し訳ないような……。

ソファは高級なものなのか座り心地がとてもよかったけど、この状況でくつろげるはずもない。ソワソワしてあちこち見てると——ソファの隙間に白い紙を発見した。

レシートのようだった。

「『渡辺ハウスクリーニング』……？　え。これ、日付けが今日——」

「——っ！」

シュバッ、と。

桃生さんがレシートを凄まじい速度で取り上げた。

「余計なものを見つけないの！」

「す、すみません……」

「違うのよ……これは、念には念を入れてっていうか……ひ、一人暮らしだって散らかる人は散らかるのよ！」

熱弁する桃生さんだった。

……イメージが変わったというべきか。

桃生さん、プライベートでは意外と抜けてる人なのかもしれない。

余計なことに気づいちゃって申し訳ない気持ちになる。そうか。異様に片付いた部屋はクリーニングを入れたからなのか。

「別に、実沢くんのためってわけじゃなくてね……誘った側の義務っていうか。これから、家に来る機会も増えるだろうし」

「え……」

「この前みたいにホテル使うと、誰に見られるかわからないでしょ？　リスク管理を考えたら、私の家でするのが一番いいと思って」

「……確かに。そうですね」

「ホテルはお金もかかるしね。コストパフォーマンスの面から考えても、自宅がベストなはずよ、うん」

計画性の高さに、感心すると同時に恐縮してしまう。

そうだ。

今日一回じゃないんだよな。

すぐに妊娠できなかった場合、何度も何度も関係することになる。

桃生さんはそういうことも想定している。

真剣に、長期的に考えている。

「…………」

「…………」

気まずさと緊張が室内に満ちる。

会話の流れから、お互いに意識してしまったからだろう。

これから、なにをするかを——

「……お、お酒でも飲みましょうかっ」

桃生さんは沈黙に耐えかねたように言って、キッチンに向かった。


ど、どうしましょう……？

気まずい。ずっと心臓がバクバク言ってる。頑張って平静を装っているけど、そもそもこの部屋に男の人をあげたのだって初めてだし。

緊張するなって方が無理な話。

私自身死ぬほど緊張してるし……なにより、実沢くんの緊張が痛いぐらいに伝わってくる。そのせいでこっちもさらに緊張するという悪循環。

ああ……大丈夫かしら？

いろいろ自分なりに準備はしてみたけど……実沢くん、引いてない？

『この女、必死だな。張り切りすぎててキツいわ』とか思われてない⁉

クリーニング入れたことも思い切りバレちゃったし。

こんなはずじゃ……。

「……桃生課長、ハイボール、好きなんですか？」

ハイボールの缶をいくつかテーブルに置くと、実沢くんが尋ねてきた。

「そうね……。いろいろ高いお酒ご馳走（ちそう）になったりしたけど、なんだかんだ、ハイボールが一番無難で好きかも」

「俺も好きですね。ビールとかあんまり得意じゃなくて……あれ？」

缶のパッケージを見て、実沢くんが気づく。

持ってきた缶のうち一つは――ノンアルコールのものだった。

「これって」

「ああ……うん。今後、アルコールは控えようかと思ってて」

私は言う。

「本気で妊活するなら、今のうちからアルコールは控えた方がいいから」

妊婦のアルコールは当然ながらＮＧ。

妊活の段階ならば、週に一、二杯程度なら問題ないという意見もあるらしいけど、まあ摂取しないに越したことはないでしょう。

「あっ。実沢くんは遠慮せず飲んでね」

「いえっ、そんな……いいですよ。俺もノンアルコールで。合わせます」

ぶんぶんと首を振る実沢くん。その後も譲ることはなく、結局二人でノンアルコールのハイボールを飲むことになった。

……って、それはそうよね。

上司の私がお酒を控えてるのに、自分だけ飲めるわけないわよね。

どうしよう……。お酒の力で気まずい空気を変えようと思ったのに、二人してノンアルコールじゃなんの解決にもならない……。

「……えっと、あの……桃生課長って、なにか趣味とかありますか？」

ああっ。

なんだか、すごく会話に困った感じで質問されちゃった！

お見合いみたいな質問！

気を遣わせてしまってる……！

「趣味……趣味ね……。趣味と呼べるほどのものはないんだけど……休みの日は、体を鍛えたくてジムに通ったりとか」

「へえ、すごい。なんか格好いいですね」

褒められた。どうしよう。ちょっと嬉しい。

でも……実際はジムなんて、契約しただけでほとんど行ってない。会費だけ無駄に払ってる状態。ここから話を広げられたらまずい！

「あ、あとは……そうね。スマホで、爬虫類の動画見たり」

「爬虫類？」

驚いた顔となる実沢くん。

しまった。焦るあまり本当の趣味を言っちゃった！

「えと……そ、そうなの。見るの好きなのよね、トカゲとか、蛇とか」

「…………」

「飼ってるトカゲの動画あげてる人、結構多くてね。王道のレオパードゲッコーとか、大型のサバンナモニターとか。なにげに人気が高いのよ、爬虫類の動画チャンネルって」

「…………」

「元々は私もトカゲなんて全然興味なかったんだけど、友達で爬虫類何十匹も飼ってるマニアの人がいてね。その人の話聞いてるうちに興味が出てきて……気づいたら動画見るのにハマっちゃって」

「…………」

「お、面白いのよ、トカゲって。まず見た目が恐竜みたいで格好いいし、それなのに餌食べる仕草はすごく可愛くて……。あと、哺乳類のペットとは違って人には絶対に懐かないんだけど、そのクールさがまた魅力の一つで――」

必死に説明するも、途中でハッとする。

気づけばずっと一人でしゃべり続けていた。

「ご、ごめん……つまらないわよね、こんな話」

我ながら、つまらない人間だなと思う。

仕事しか取り柄がなくて、唯一の趣味が爬虫類の動画鑑賞って。

なにこの寂しい三十代？

実沢くんもきっとドン引きして――

「いえ。面白いですよ、桃生課長の話」

と、彼は言った。

無垢(むく)な笑顔を浮かべて。

「イメージと違ったんでちょっと驚きましたけど。なんか桃生課長って、休日もビシッと自分磨きとかしてそうだったんで。意外なプライベートを知れて、興味深いっていうか。あはは」

「…………」

心が温かくなる。

ああ——実沢くんは本当にいい子だなあ。

いつ以来だろう、こんな風に誰かと、自分のことを話すの。

年を取れば取るほど仕事以外の人間関係は希薄になる。

仕事を通してならば、いくらでも有力なコネクションを築くことはできる。でも……プライベートの人付き合いはそんなに得意な方じゃない。仕事抜きの友人は減る一方で、新しく増えることなんて全くない。

だから……本当に久しぶり。

こんな風にドキドキしながら、素の自分を曝(さら)け出すのなんて——

「…………」

違う。

違うでしょ。

なに温かい気持ちになってるの、桃生結子(ゆいこ)。

実沢くんが――なんのために今ここにいると思ってるの？

彼と私は友達じゃない。まして恋人でもない。

会社では単なる上司と部下。

そして今は――子作りをお願いしただけの関係。

私が彼に求めるのは精子だけ。

彼が私に求めるのは……この体だけ。

それが私達のあるべき関係で、それ以上を求めるべきじゃない。

いらない。

必要ない。

求めちゃいけないのよ。

こんな……恋人同士がセックスする前にお酒を飲んで徐々に気分を盛り上げていくような、そんな甘い過程なんて――

「桃生課長。トカゲの動画で、オススメのチャンネルとかあったら教えてもらえますか？　俺も今度見てみますから」

「――違うでしょ」

私は言った。

自分で思っていたより、低い声が出てしまった。

「実沢くんが教えてほしいのは、本当にそんなことなの？」

答えも待たずに――体を密着させる。

できる限り淫らに。

できる限り奔放に。

奥手で真面目な実沢くんが、少しでもやりやすくなるように。

動揺や羞恥心は全て押し殺し――

私は脚を上げ、彼に跨がるようにした。

⚤

驚愕のあまり硬直してしまう。

桃生さんが——いきなり跨がってきた。

俺はソファに座ったまま。

片脚をあげて俺を跨いだ後、躊躇なく腰を下ろしてきた。

彼女のお尻が、重量感が、太ももにのしかかってくる。

温かい。熱い。

ズボン越しでも彼女の体温がダイレクトに伝わってきた。

「も、桃生かちょ——っ」

咄嗟に顔を上げ、思わず息を呑む。

胸が。

ニット越しの巨大な乳房が、目の前にあった。

俺に跨がりながら抱き合うような体勢になってしまうため、俺の顔面がそのまま彼女の胸の位置になってしまっている。

上も下も大ピンチで、どこを向いたらいいかわからない。

「な、なにしてるんですか」

「……しょうがないでしょ？」

俯いたまま必死に声を絞り出す俺に、桃生さんは言う。

「いくら待ってても、そっちから手を出してくれないんだもの」

「……っ」

言葉がちくりと胸に刺さる。

自分の奥手さ、不甲斐なさ、童貞っぽさを遠回しに批難された気がした。

「ほら」

桃生さんは俺の手を取った。

そしてその手を——あろうことか、ニットの内側へと導いた。

「……ブラ、外してみる？」

耳元で囁かれる、蠱惑的な言葉。

心臓が大きく跳ね上がる。

「……前はいきなり裸になっちゃったからね。初めてなら、こういうことも練習しておいた方がいいんじゃないの？」

優しさからの台詞が、少し悔しかった。

主導権を握られまくっている。

ここまで相手からリードされては、男として引き下がるわけにはいかない。なにもかもがされるがままじゃ、あまりにダサすぎる。

唾を飲み、手を滑り込ませる。

ニットの中……そして、インナーの中へと。

布の感触を越えた次には、温かな素肌の感触があった。

「……んっ」

「あっ……す、すみません……」

「……だ、大丈夫よ。冷たくて驚いただけだから」

続けて。

と桃生さんは言う。

どこまでも甘く、それでいて緊張を孕(はら)んだ声で。

滑り込ませた手をゆっくり背中側に回す。

少々手こずりはしたけど、どうにかホックを外すことに成功した。

「は、外しました……」

「……うん」

恐る恐る顔を上げると——桃生さんは酷く恥ずかしそうな顔をしていた。

ブラが外れたせいで、ニットを押し上げていた胸がさっきよりさらに存在感を増したような気がする。

「…………」

ついつい、指示を仰ぎそうになる。

次はどうしたらいいですか。

胸を触ってもいいですか。

と。

でも、必死に言葉を飲み込んだ。それはいくらなんでもダサすぎる。こんなときまで従順な部下である必要はない。

ゆっくりと、両手をブラの中へと潜り込ませる。

柔らかな感触があった。

手には収まりきらぬほど巨大で存在感のある乳房。少し力を入れるだけで、指が沈み込む。いつまでも触れていたくなるような、幸福な感触だった。

信じられない。

俺は今、上司のおっぱいを揉んでいる。

しかもこんな、エロい体勢で。

「……あっ」

桃生さんが甘い嬌声を上げる。

興奮と快楽で脳が溶けてしまいそうだった。許されるのであれば、ずーっとこうしていたい。いつまでも揉み続けていたい——

「……ね、ねえ」

夢中になっている俺に、桃生さんが困ったように言う。

「ちょっと……揉みすぎじゃない？」

「え。あ、ごめんなさい……」

「もう……。実沢くん、おっぱい好きよね。こないだも、ずっと……」

「……嫌いな男はいないと思います。桃生課長ぐらい大きいと、特に」

「そ、そうなの……？　結構大変なんだけどね、大きいのも」

恥ずかしさを誤魔化(ごまか)すような、中身のない会話。

その最中に目が合い、沈黙があって——

気づけばどちらからともなく、唇を重ねていた。

一応、前のホテルでも流れでキスはした。

でも前回は緊張しすぎてたせいか、ほとんど記憶がない。

だからこれが、初めてのキスのような気がした。

奪われる。

俺の初めてが、全部この人に。

何度も唇を重ねながら、また胸を優しく愛撫する。わけがわからないぐらいの官能が湧き上がり、全身がとろけてしまいそう。

でも——体の一部だけは痛いぐらいに激しく主張している。

ズボン越しでもわかるほどに隆起し、彼女の下腹部を押し上げていた。

その存在感は彼女にも伝わったらしく、少し顔を離すと、

「……ベッド、行きましょうか」

ゾッとするぐらい妖艶な顔で、桃生さんは言った。

快楽の虜となった俺は、無心で頷くことしかできなかった。

薄暗い寝室に、少し荒い息の音だけが響く。

結論から言ってしまえば——今回は失敗せずちゃんとできた。

前回と違い、変な見栄を捨てて相手に身を委ねたからだろう。桃生さんにリードしてもらう形で、無事初体験を終えることができた。

情けない気はするが……でも、最低限の期待には応えられたはず。

ちゃんと最後までした。

避妊具は使わず、彼女の中で果てた。

子供を作るための行為を全うした。

彼女の望み通りに——

「……あ、ありがとうございました」

ベッドの上。

一通りの後処理が終わった後に、俺は言った。

桃生さんは不思議そうな顔をした。

「え？　どうしたの急に？」

「その……なんだろ？　ど、童貞をもらっていただいて……？」

「なにそれ？」

疑問文で言う俺に、小さく笑う桃生さん。

「いいわよ、お礼なんて。むしろ私の方がお礼言わないと……」

言いつつ、彼女はお腹を撫でるようにした。

俺が吐き出したものは、今彼女の中に残っているのだろう。

ここから先は運次第だ。

彼女の願いが成就するか否かは、神のみぞ知ることとなる。

「でも本当によかったの？　初めての相手が私で……。後悔してない？」

「もちろんです」

「……本当に？　もっと若い子がよかったとか思ってない？」

「ま、全く思ってないですよ」

不安そうな声に、ぶんぶんと手を振る。

「なんて言ったらいいのか……と、とにかく、最高でした」

「そ、そう？　ならいいんだけど」

「……桃生課長こそ、どうでしたか？」

「どうって、なにが？」

「その……セ、セックスの腕前的な話と言いますか……」

「……え、ええっ？」

動揺を露わにする桃生さん。

ダサいとわかっていても、つい問うてしまった。

生物学的な雄としての役割は、たぶんきちんと果たせた気がする。でも、人間の男として、俺は相手の女性を満足させることができたのだろうか。

「ど、どうって言われてもねえ……？　どうも言いようがないっていうか。だって……あっと言う間だったし」

「……っ」

困惑の顔からうっかり漏れたような本音が、深く心に突き刺さった。

実際……一瞬だったと思う。

相手のリードでどうにか結合自体はできたけれど……ほとんど動けないまま俺は果ててしまった。

いやだって、しょうがなくない⁉

まさか、まさか……あんなに気持ちいいなんて思わなかった。

今まで味わったことのない、極上の快楽。

童貞が耐えられるはずもない。

「あっ……お、落ち込まないで。初めてだったんだから、しょうがないわよ……！」

「…………」

「それにほら……コンドームもつけてなかったんだし！　男の人ってそのまますると……あの、す、すごく気持ちいいんでしょ……？　だから、ほら、経験ない人なら早くても当然っていうか……」

フォローされればされるほど、辛く虚しかった。

俺が立ち直れずに俯（うつむ）いていると、

「……もう。大丈夫よ」

ポン、と頭に手を置かれた。

まるで、大人が子供にそうするように。

「慣れればさっと、ちゃんとできるようになるから。それまで私で、何回でも練習すればいいわ」

「…………」

「いつか本当に好きな相手とするとき、上手にできるようにね」

「…………」

「あっ。もちろん、その子とはちゃんとゴムつけてしなきゃダメよ？」

諭すように言う。

その声も表情も、包み込むような優しさにあふれていた。

傷ついた心が癒やされる——と同時に、無性に悔しくなった。

子供を慰めるみたいな態度は、俺を大人の男として見ていないことの裏返しのように感じてしまう。

悔しい。寂しい。虚しい。

俺達の間に恋愛感情は存在しないと、改めて突きつけられた気がした。

そんなこと、わかりきってたはずなのに。

それなのにどうして、こんなにも――

「じゃあ私、シャワー浴びてくるから」

ベッドから下りようとする桃生さん。

その手首を――強引に摑む。

「え……きゃっ」

手首を引いて、体の下に組み伏せるようにした。

ほとんど押し倒したような体勢だ。

「さ、実沢くん……？」

戸惑う彼女に、俺は言う。

「もう一回、いいですか？」

「……ええ？　そんな……できるの？　今、終わったばかりなのに」

「大丈夫です」

桃生さんはほんの一瞬、目線を下に向け、俺の下腹部を見た。

わずかに目を見開き頬(ほお)を染める。

「……す、すごいのね、若い子って。でも……えっ、ちょ、ちょっと」

彼女の許可を待たずに、俺は首筋に唇を這わせた。

桃生さんは最初少しだけ抵抗していたが、

「……もう。しょうがないわね」

すぐに俺を受け入れてくれた。

夢中になって女体を貪る。

余計なことを考えずに済むように。

この虚しさが、少しでも埋まるように。

⚥

カーテンの隙間から漏れる朝日で、私は目を覚ました。

「……えっ」

目を開けて、ギョッとする。

隣に——寓沢くんが寝ていたから。

しかもお互いに、全裸のまま。

な、なんで実沢くんが私のベッドに……!?

一瞬大いに動揺するけど――でもすぐに冷静になる。

ああ、そうだった。

昨日の夜、最後は疲れ切ってそのまま寝ちゃったんだった。

シャワーも浴びずに寝落ちしたから……汗でだいぶ気持ち悪いことになっている。髪もグチャグチャ。化粧も落としてない……ああ、凹む。この年で化粧を落とさずに寝ると罪悪感がすごい。ごめん私の肌さん、って気持ちになる。

時計を見ると――すでに朝の九時。

横に視線をやると、実沢くんはまだぐっすりと眠っていた。

「……かわいい寝顔」

背は高くて体つきはしっかりしてるのに、顔は少し幼い感じ。普段の態度も柔和で穏やかで……反面、少し頼りない印象を覚える青年。

でも――昨日の彼は、まるで別人だった。

まさか……四回戦まであるなんて。

若さがすごい。

すごすぎる。

おかげでこっちは……かなり疲労が残ってる。セックス自体かなり久しぶりだったから、普段使ってなかったあちこちの筋肉が悲鳴をあげている。一晩で四回もしたのなんて、生まれて初めて。

彼は何度も何度も私を求めてきた。

激しく、強烈に、情熱的に。

自分が男だと誇示するみたいに。

こんなにも強く求められたのなんて、いつ以来だろう。

もしかしたら——人生で初めてかもしれない。

かわいいけど少し頼りないと思っていた部下が、ベッドの上で徐々に変貌していき、強烈な雄の顔となって自分を求め——

「……っ」

シャ、シャワー浴びよ。

実沢くんを起こさないように静かにベッドから下りる。彼が寝てるうちに、きちんと身なりを整えておこう。明るい場所で今の私を見られたくはない。基礎体温の測定……も今日はお休みで。

浴室に入り、シャワーを浴びる。

いつもより少し高目の温度で。

目が覚めるように。

思考が覚醒するように。

でも——

いくら熱いシャワーを浴びても、思考はどこか靄がかかったままだった。

気持ちがふわふわとして、なんだか落ち着かない。

どうして。

ちゃんと最後までできたのに。

実沢くんは、私の要望に応えてくれた。予想以上に、これ以上ないぐらいに私が求めていたことを全うしてくれた。

それなのに、どうして。

こんなに——切ない気持ちになってしまうの？

「…………」

本当はもっと、雑に扱われると思っていた。セックスだけしてほしいと頼めば、男なんて割り切って体だけを求めてくるだろうと。相手は手っ取り早く目先の快楽を手にして、私は子種を手にする。そんなドライな関係を想定していた。

でも。

いざ関係してみると、全然違った。

実沢くんは——すごく優しかった。

最愛の恋人を見つめるような眼差しで私を見つめ、本当に愛おしそうに私の体に触れてくれた。

優しく、それでいて激しく、私を強く求めてきた。

体だけでなく、心の繋がりまで求めるように。

経験がないから、変に私を神聖視してしまっている部分もあると思う。

でも、だからって。

あんな顔を見せられたら、あんな目で見られたら。

こっちの方がおかしく——

「……っ」

ダメ。まずい。

よくわからないけど、このままじゃまずい気がする。

自分で自分がコントロールできなくなってる。

だから——昨日、あのことも言ってしまった。

言うつもりはなかったのに。

どうして、言ってしまったんだろう。

自分のことをもっと知ってほしかったのか……あるいは、私がどういう女か突きつけることで突き放したかったのか。

わからない。

でも、このままじゃよくない。

もっとちゃんと——線を引こう。

なあなあにならないように。

なし崩しにならないように。

私はシャワーを浴び終えた後、部屋に戻って一枚の紙を取り出した。

⚤

見知らぬベッドで目が覚めると、すでに朝の十時だった。

「——っ」

昨晩の記憶が一気に蘇る。

隣には誰もいない。

脱ぎ散らかっていたはずの服は、綺麗に片付いていた。

桃生さんの分はなく、俺の分は綺麗に畳んでサイドテーブルに置いてある。

ベッドから飛び降りて慌てて服を着る。

寝室から出ると――

「あら」

桃生さんはすでに起きていた。

リビングでソファに座り、コーヒーを飲んでいるところだった。昨日とは違う部屋着に身を包み、化粧もバッチリとしてある。

「おはよう、実沢くん」

「……お、おはようございます。すみません、寝坊して」

「いいのよ。その、まあ……疲れてただろうしね」

「……あはは」

ちょっと気まずい空気が流れる。

確かに昨晩は……少々頑張りすぎてしまったかもしれない。

四回って。

いくら初体験だからってハッスルしすぎだろう。

「と、とりあえずシャワーでも浴びてきなさい。スッキリするから」

そう促されて、俺は浴室へと向かう。

浴室内にはまだ蒸気が籠もっていた。俺が起きるより先に、シャワーを浴びていたらしい。慣れない浴室に戸惑いつつ、急いで体を清めリビングに戻った。

「……すみません、バスタオルまで用意してもらって」

「遠慮しないで。他にもいろいろ、揃(そろ)えた方がいいかもしれないわね。今日みたいに泊まりになる日もあるだろうし」

そんなことを言いながら、桃生さんはコーヒーを出してくれた。

「チャコールコーヒーだけど、よかったら飲んで」

「えっと……？」

「チャコールコーヒー。簡単に言えば、炭のコーヒーよ」

桃生さんは少し得意げに言う。

「炭には余分な脂肪や油分を吸着して排出してくれる効果があるから、とっても体にいいのよ。私が飲んでるこれは、ＭＣＴオイルや難消化性デキストリンも配合されてて、糖の吸収を穏やかにして――」

「はあ……」

「……今、『やっぱりおばさんになると、こういう健康食品とかにハマりだすんだなあ』って思ったでしょ？」

「お、思ってないです！　いただきます！　わあ、美味しそう！」

ジッと睨まれたので、慌てて否定しつつカップに口をつける。

生まれて初めて飲むチャコールコーヒー。

味は普通のコーヒーで、ほんのかすかに炭っぽい苦みもある。でも全然美味しい。これで健康にいいのなら、毎日飲みたくなる人の気持ちもわかる。

「お腹が減ってるなら、一応、シリアルとかはあるけど……でも、中途半端な時間になっちゃったわね」

「そうですね……」

お腹は空いてるが、寝坊した上にご飯までご馳走になるのはさすがに申し訳ない気がしてきた。昼時になる前に早く帰った方がいいのかもしれない。

いろいろ考えていると――パサリ、と。

目の前に紙が置かれた。

「え……」

「前に言った、誓約書。作ってみたの」

そういえば、そんな話をしたんだった。

テーブルに置かれた紙には、大きく『誓約書』と書かれ、その下に細かい文章が続いていた。

さすがは営業課長というべきなのか、甲や乙を使用した本格的な仕上がりになっている。

要点をまとめると、こういう内容だった。
・この件については口外禁止。
・子供ができても、俺に認知や養育費は求めない。
・俺は後になって親権を要求してはならない。
・互いに金銭は要求しない。
堅苦しい文章を意訳すると、こんな感じ。

ほとんどが事前に話し合った内容であるため、異論はなかった。

しかし——最後の一文。

他は全てパソコンの書体なのに、最後の項目だけ手書きだった。

まるで、急に後から付け足したみたいに——

・どちらかが本気になったら、この関係はおしまい。

「これは……」

「ああ、これは一応……念のために、ね」

桃生さんは言う。

不自然なぐらいに、落ち着いた声で。

「あり得ないと思うけど……万が一ってことがあるかもしれないから。最初に約束しておいた方がいいかなって」

「…………」

「もし、万が一、億が一、どっちかが本気で好きになっちゃったら」

こんな関係、辛いだけでしょう？

と。

淡々と静かに語られる言葉に、俺はなにも言えなかった。

桃生さんは、なんで最後にこの項目を付け足したんだろう。

言っていることは――至極当然のことだ。

俺達は恋人でもなんでもなく、目的のために体を重ねているだけなのだから。

相手を好きになるようなことはあってはならない。

書かれていることは至極当然で、言うまでもないこと――だからこそ、それをわざわざ書き記したということに、不自然さを感じてしまう。

「……わかりました」

消化できない気持ちを飲み下し、俺は誓約書にサインをした。


その後すぐ、桃生さんの家を出た。

駅までの道中にあった牛丼屋で手っ取り早く昼食を済ませ、電車に乗って自宅に戻る。

電車に揺られながら、目を閉じていろいろと考える。

なんだかまだ、夢見心地な気分だ。

現実感がない。

憧れの上司と、初体験を済ませたなんて。

これで俺は、一応童貞を卒業したことになる。

めでたく男になった。

晴れて大人になった。

高校生ぐらいのときは、童貞を捨てれば劇的に世界が変わるような気がしていた。世界が変わるとまではいかずとも、世界が色鮮やかに輝いて見えるのではないかと思った。

でも今は……酷く複雑な気分だ。

快感や幸福感がないわけじゃないけど、同じぐらいの劣等感や焦燥感が心にへばりついて、舞い上がる気持ちを抑えつけてくる。

勝手に頭が、ゴチャゴチャと考えてしまう。

今後のこと。

朝書いた誓約書のこと。

そして——昨晩のこと。

四回戦を終えて、お互いに精も根も尽き果てた後——

俺達はもう起き上がることすらできず、ベッドに倒れ込んだ。

どうにか息が整い、眠気が出てきたタイミングで。

ふと、桃生さんが口を開いた。

「……実沢くん、私ね」

反対側を向いたまま、こちらを見ようともせずに、桃生さんは言う。

疲れて、疲れて、疲れ果てたような声だった。


「——バツイチなんだ」


息を呑む。

火照っていた体が、一気に冷え切ったような錯覚がした。

「…………」

「会社の人、ほとんど誰も知らないけどね……。昔、一度、失敗してるの」

「だからもう、いいの。結婚も恋愛も、二度としたくない……。そんなくだらないものに振り回されるのは、もう懲り懲り……。子供だけいれば、それでいい」

突然の吐露に、俺はなにも言葉を返すことができなかった。

彼女はすぐに寝息を立て始めたけど、俺は眠気がすっかりと消えて、なかなか寝付くことができなかった。

「…………」

目を開く。
電車は揺れている。目的地にはまだ着かない。
俺は、桃生さんを抱いた。
誰もが美人と認める女上司と関係を持った。
でも——
いくら体を重ねたところで、俺達は他人でしかなかった。
俺は彼女のことをなにも知らなかったのだと、改めて思い知らされた。

第五章　桃生課長の出張

初体験を終えてから、一週間が経過した。

童貞を捨てたからと言って、世界が変わるわけではない。

俺と彼女の日常は、今まで通り回り続ける。

月末が近づき、営業部の忙しさも加速していく。

「桃生(ものう)課長、来週のサイン会の資料、確認お願いします」

「ありがとう。そこ置いといて」

「桃生課長、編集部から部決会議について連絡が」

「後でこっちからかけ直すって言っておいて」

「も、桃生課長……来月の販促イベントなんですが、部長がもっと予算と人員を抑えて小規模にしたらどうかと……」

「……いいわ。後で私が直接話をつけてくる」

桃生さんは今日もクールかつ情熱的に仕事をこなしている。

俺の方も負けてられない。

途中まで進めていた販促プランの資料を、一気に仕上げた。

何度も読み直し確認してから、桃生さんへと提出した。

「確認、お願いします」

桃生さんは資料を受け取り、真面目な顔で目を通す。

緊張しつつ待機してると、

「悪くないわね」

と嬉しくなる一言が返ってきた。

「ここと、ここの言い回しだけは変えた方がいいわね。ベタすぎるからもう少しひねってみて。あと売り文句も……『〇〇万部突破!』より、具体的なPV数や再生回数で売る方が今はウケがいいから。でも直すのはそのぐらい……。あとは編集部に連絡して、自分で動いてみなさい」

「はいっ!」

心の中でカッツポーズをする。

「頑張ってるわね、実沢くん。今月のノルマもクリアしたし」

「でもこの程度で浮かれちゃダメよ。ノルマなんて本来、クリアして当然のものなんだから。この調子で、気を引き締めていきなさい」

「は、はい。わかってます」

相変わらず優しくも厳しい桃生さんだった。

なにも変わらない。

体の関係を持ったところで、俺達の職場での関係は変わらな――

「ちょっと待って」

席に戻ろうとした俺を、桃生さんは立ち上がって呼び止める。

「ネクタイ、曲がってるわよ」

言うと同時に、手を伸ばしネクタイの結び目を押さえる。

「す、すみません」

「しっかりしなさい。身だしなみを整えるのも仕事のうちよ」

軽く引っ張られて結び目の位置を直される。

ど、どうしよう。これはちょっと……照れる。

桃生さん、今までこんなことしてくれたことあったっけ？

体も顔も結構近いし、今は仕事中でみんな見てるのに――

「……仲いいですね」

と。

近くに来ていた轡が、不思議そうな声で言った。

「――っ」

その一言で、桃生さんはパッと手を離す。

「な、なにを言ってるのっ。私はただ……乱れた服装が気になっただけで……ぜ、全然そういうのじゃないから」

わずかに頰を染め、早口で言い切る桃生さん。

「あはは。そうですよね。おい、しっかりしろよ、実沢」

「お、おう」

明るく笑って俺の背中を叩いた後、轡は書類を出す。

「それじゃ桃生課長、この資料、確認お願いします」

「……わかったわ」

桃生さんは席に座り、渡された資料に目を通す。

表情はいつも通りだが、耳がまだ少しだけ赤かった。

体の関係を持ったところで、俺達の職場での関係は変わらない——というわけには、いかないのかもしれない。

「……ちょっと馴れ馴れしかったかしら？」

営業部が使っている倉庫の一つに、俺と桃生さんは二人で来ていた。

均等に並んだスチール製の棚には、大量の資料や過去の販促物などが乱雑に収納されている。

午後の会議に使いたいものがあるらしく、桃生さんに連れられて倉庫までやってきた。

捜し物ついでに倉庫の整理をしている中、彼女が口を開いた。

「え……なにがですか？」

「ネクタイのこと」

やや申し訳なさそうな声で、桃生さんは言う。

「別に……深い意味はないのよ？　気になったから、つい手を伸ばしちゃっただけで、本当にそれだけで……」

「だ、大丈夫ですよっ。俺、気にしてませんから」

「ならいいけど。でも……今後は気をつけた方がいいかもね。会社での距離感、みたいなもの。変な噂（うわさ）が立っても面倒だし」

「あー……」

今回に関してはそこまで心配しなくてもよさそうだけど。轡はあの後も全然いつも通りだったし、なにかを感づいた様子はなさそうだった。

でもまあ、気をつけるに越したことはないだろう。

「実沢くんも嫌でしょ？　私なんかと社内で噂になったら」

「いや、俺は別に……。むしろ光栄というか。あはは」

「光栄って……そ、そういう話じゃないのっ」

「す、すみませんっ」

余計なことを言ってしまったらしい。

確かにそういう話じゃない。万が一にも俺達の関係がバレないよう、気をつけなければって話なんだから。

俺の失言のせいで、やや気まずい沈黙が訪れる。

黙々と作業を続けていると、

「……そういえば」

隣に立つ桃生さんが、思い出したように口を開く。

「鹿又さんから聞いたわよ――実沢くんが今月前半、ノルマをさっぱり消化できてなかった理由」

「……っ」

「彼女の仕事、手伝ってたんですって？」

「そ、それは……」

ジッと睨まれ、言葉に詰まる。

言われたことは――事実だった。

今月前半、同期の鹿又は仕事に忙殺されていた。

編集部や取次との様々なトラブルが重なり、とても一人では消化しきれない仕事を抱えて途方に暮れていた。

見かねた俺はつい、手を差し伸べてしまったのだ。

「……なにか理由はありそうだと思ってたけど」

呆れ口調で桃生さんは言う。

「そういう事情があったなら、どうして言ってくれなかったの？」

「……い、言い訳にしかならないと思ったので」

事実、言い訳でしかない。

鹿又のフォローに注力したせいで、自分の仕事を疎(おろそ)かにしてしまったのだから。どうにか両立出来ると思ったのだが……その見通しはだいぶ甘かった。

自分の実力を高く見積もりすぎていたらしい。

「課が違っても同じ営業同士、助け合うのは悪いことじゃないわ」

淡々と桃生さんは言う。

「でもそれで自分の仕事が疎かになるのは本末転倒よ。まずは自分の仕事をしっかりやること。あと困ったら格好つけずに、早め早めに上に報告して指示を仰ぐこと。わかった？」

「はい。わかりました……」

まっすぐな正論で諭され、俺は小さくなる他なかった。体の関係を持ったところで、やはり俺達は上司と部下なのだと実感させられる。

社外でなにがあったって、その関係が変わることはない。

その後――

目当ての資料が見つかり、段ボールにひとまとめにした。

「じゃあ、戻りますか」

俺が段ボールを持って倉庫を出ようとすると、

「あっ。待って」

慌てた声と同時に、桃生さんが背後からスーツの裾を摑んだ。

「どうしました？」

「その……えっと」

少し言い淀(いよど)みながらも、言う。

「……今夜、お願いしてもいい？」

先ほどまでの毅然(きぜん)とした態度が嘘(うそ)のような、か細い声。

恥じらいながらも、それを必死に隠しているような。

言わんとすることは——すぐにわかった。

「もし予定があるなら、全然、断ってくれて構わないけど……」

「……だ、大丈夫ですっ。はいっ。予定なんてガラガラなんで」

「そう。じゃあよろしくね」

素っ気なく言うと同時に、桃生さんは早足で倉庫から出て行った。

「…………」

少し遅れて、倉庫から歩き出す。

妙にフワフワした気持ちになる。恥ずかしいのか嬉(うれ)しいのか……言葉にするのは難しいが、とにかく心が舞い上がってしまう。

今夜、か。

一週間ぶりに、また彼女の家に行っていいらしい。

そして——やることをやっていいらしい。

ああもう……なんだろ、この感じ……。

会社でなんの話をしてるんだよ、俺達は……？

必死に無表情を保ちながらオフィスに戻ると——桃生さんは自分の席につき、すでに普段通りの顔で仕事をしていた。

しかし俺と一瞬目が合うと、かすかに頬を染めてパッと顔を逸（そ）らした。

妙な気まずさが芽生えては、職場の喧噪（けんそう）に消えていく。

俺達の仕事上の関係は変わらない。

でも、仕事以外の関係は大きく変わりつつあった。

夜、である。

指定された時間は八時だった。

会社から一旦家に帰り、夕飯と着替えを済ませてから彼女の家に向かう。

「いらっしゃい」

出迎えてくれた桃生さんは——スーツ姿のままだった。

「あれ……？」

「ああ、これ？　ちょっと会議が長引いちゃってね」

自分のスーツを摑みつつ、苦笑する。

「本当に今帰ってきたばっかりなの」

「……お疲れ様です」

管理職の人は、やはり平社員の俺とは比較にならないぐらいの仕事を抱えているらしい。

部屋の中に入っていく。

職場では見慣れた、スーツ姿の桃生さん。

その後ろ姿を見て——改めて思う。

本当にスーツが似合うな、この人。

体にフィットした見事なサイズ感。タイトなスカートから伸びる脚は、黒いパンストに包まれている。普段はつい胸にばかり注目してしまうけれど、桃生さん、脚もすごく綺麗(きれい)なんだよな。

普段の職場では必死に己を律して、変な目では見ないように気をつけているけど……あれ？　でも今は職場じゃないよな。

ここには俺達二人しかいないし、仕事をする時間でもない。

ということは――

「ちょっと待っててくれる？　今、着替えてくるから」

「……えっ！」

つい大きな声が出てしまった。

桃生さんけ首を傾げる。

「どうしたの？」

「いや、その……き、着替えるんですか？」

「そのつもりだけど」

「……そうか。そうですよね」

「なに？　どうしたの？」

「いや……な、なんでもないです。こっちの話で」

「気になるわね……」

怪訝そうな目つきで睨んでくる。

「言いたいことがあるならはっきり言いなさい」

「……そ、その」

眼光の圧力が凄まじく、俺はつい本音を言ってしまう。

「今日は……ス……」

「す？」

「スーツのまま……してもいいですか？」

「……へ？」

桃生さんは最初ポカンとして、数秒後、顔を真っ赤にした。


「……なんて言ったらいいのか」

寝室に移動してから、桃生さんは言う。

呆れと苛立ち……そして、羞恥心が滲む声で。

「最近になってわかったんだけど……実沢くん、実は結構変態よね」

「……す、すみません」

「スーツのましたいなんて……まったく、なにを考えてるの？　こんなの、普通の仕事着でしょう？　露出だって多くないし、全然色気なんて……」

「その、普段の仕事着だからこそ、いいと言いますか？」

「……実沢くんは、会社での私を普段からそういう目で見てたってこと？　スーツ、エロいなあとか思ってたわけ？」

「……返す言葉もございません」

「ひ、否定しなさいよ、バカ……」

困り果てたような顔となる桃生さん。

緊張で頬を染めながら、

「上着は脱いでいい？　シワがつくと面倒だから」

と言って、スーツの上着を脱ぐ。

露わになったブラウス姿に、思わず息を呑む。

薄い布地を押し上げる巨大な双丘。デカい。やっぱりデカい。ブラウス姿の桃生さんはやはり危険だ。

上着を丁寧に畳んで置いた後、桃生さんはベッドに腰掛ける。

俺も恐る恐る隣に腰掛けた。

「さ、触っても……？」

「好きにしなさい」

呆れ果てたのか、若干投げやりな様子となっていた。

意を決し、俺は手を伸ばす。

隣に座る彼女の——パンストに包まれた太ももへと。

「……えっ⁉」

予想外だったのか、困惑の声が上がる。

「そ、そこ？」

「ダメですか？」

「ダメ……とかじゃないけど」

許可が下りたので、俺はパンストに包まれた太ももに触れる。

うわ……すごい。なんだこれ。

サラサラしてるのに、しっとりしてるという矛盾。パンストってこんな表現しようのない感触してるのか？　繊維を挟んでるはずなのに肌の感触や温度がしっかり伝わってくる。

肉体と繊維の質感が加わって生み出す、独特のシナジー……。

これが、パンスト越しの太もも……！

「……ちょ、ちょっと！」

未知の感触に魅入られた俺が延々と太ももを堪能し続けていると、桃生さんが困惑気味に声を発した。

「やっぱりダメっ！　そんな……熱心に触らないで」

「どうして」

「だって……は、恥ずかしいのよ。太もも、太いでしょ、私……」

本当に恥ずかしそうに言う。すでに体を重ねた関係だというのに、太ももは恥ずかしいのか。女性の価値観はよくわからない。

「ぜ、全然、太くないですよ」

「……いいわよ、お世辞なんて。ほ、ほんとはね、もっと細いのよ。でも……最近ちょっとサボってたからで……本気出せばすぐにね」

「えっと……太いは、太いですけど……でも、むしろ太いからいいっていうか、最高っていうか。太ももなんていくら太くてもいいですからね！」

「いいわけないでしょ！」

軽妙な掛け合いの間も、俺は太ももから手を離さなかった。

もう自分でも自分を止められない。

撫でて、さすって、揉んで、指を這わせ、パンスト越しの肌を味わい尽くす。

「んっ……」

桃生さんは徐々に甘い声を出し始める。

太ももを這う手は徐々に、脚の付け根の方へと上昇していく。

そして、やがて指は内ももへと辿り着く。

内ももの奥へと、ゆっくりゆっくり——しかし、そのとき。

「……ダメっ、もうやめて！」

桃生さんは突如俺の手を掴み、制止を訴えた。

「これ以上は……ダメ」

しまった。

いくらなんでも調子に乗りすぎたか。

青ざめるレベルで後悔し始める俺だったが——

「これ以上……焦らさないでよ」

上気した頬で、息を荒くしながら、潤んだ瞳で彼女は言った。

言葉の意味を理解した瞬間——理性が飛んだ。

本能のままに彼女に覆い被さった。

約一時間ほどで俺達の闘いは終わった。

「……やっぱり、アレね」

事後で乱れた髪を整えつつ、桃生さんは言う。

深く息を吐き出すように。

「実沢くんを相手に選んだのは失敗だったかもしれないわね」

「…………」

「まさかここまで変態だとは思わなかったわ。純粋で真面目そうな顔しておいて……まったく」

「……あはは」

「子作りの相手、違う人に頼もうかしら？」

「えっ⁉」

「このままじゃ次はどんな変態プレイ要求されるかわかったものじゃないし」

「そんな……ま、待ってくださいよ」

「冗談よ」

慌てふためく俺に、くすりと笑って見せる。

焦った。本気で怒らせてしまったかと思った。

桃生さんはベッドから下りると、ブラジャーを拾った。

前屈(まえかが)みとなり、大きな胸を慣れた様子でしまい込んでいく。

……なんだろう。

俺、この仕草、すごく好きかもしれない。女性がおっぱいを器用にブラジャーに収納する様子……うん、いい。なんかいい。

ジッと見つめていたい気分だったが、これ以上変態認定されても困るので、俺も俺で下着を回収して服を着るようにした。

「今日はどうする？　泊まっていく？」

「帰りますよ。明日も普通に仕事ですから」

「そうよね。なら私も、明日の準備でもしようかしら」

「あ、そういえば桃生課長は……」

「明日から三日間、東北に出張」

溜息(ためいき)交じりに言う。あんまり乗り気ではないらしい。

出版社の営業はそこまで出張の多い仕事ではないが、存在しないわけではない。地方書店に出向いたり、海外のサイン会に付き添ったり、本を出した著名人のイベントに招待されたり……などなど。

「私がいなくてもしっかりね、実沢くん」

「はい。課長もお気をつけて」

「……それ」

着替えを終えたところで、ふと彼女が言う。

「実沢くん、ずっとその呼び方よね。『桃生課長』って」

「……え？　そうですけど……」

上司に対してごくごく普通の呼び方だと思っていたけれど。

「ダメでしたか？」

「ううん、そうじゃなくて。会社で課長って呼ぶのは構わないんだけど……実沢くん、会社以外でもその呼び方のままだから……」

「…………」

「その、ほら……ベッドでまで『課長』『課長』って呼ばれると……なんかね？　興が削（そ）がれるっていうか」

「あー……な、なるほど」

ようやく言わんとすることがわかった。

確かに……ムードを台無しにする呼び方かもしれない。いくら恋人同士じゃないと言っても、最低限のマナーみたいなものはあるだろう。

「ええと……それなら」

少し考えてから、俺は言う。

「——結子(ゆいこ)」

呼んだのは、桃生さんの下の名前。

たぶん、初めて口にした。

「……って呼びますか？　二人きりのときは」

言った後になってから猛烈な後悔が襲ってくる。

なぜならば——

「……～～っ⁉」

桃生さんがみるみる顔を赤くしたからである。

「な、なにを考えてるの！　上司を呼び捨てにするなんて……！　ひ、非常識にもほどがあるわ！」

「す、すみません！　で、でも課長が、呼び方変えろって……」

「言ったけど……でも、だからって……そんな、いきなり……。二人きりのときだけ下の名前で呼ぶなんて、なんか、もう完全にそういう……〜〜っ！」

怒りと照れで顔を真っ赤にする桃生さん。

俺の方も恥ずかしくなってきた。

「あの、じゃあ……とりあえず『桃生さん』とかでどうでしょう？」

「……そ、そうね。そのぐらいの距離感がいいわね。間違えて会社で呼んでも問題にはならないでしょうし」

二人のときは『桃生さん』と呼ぶことが決定した。

この程度の変更ならばスムーズに移行できるだろう。元々脳内では『桃生さん』呼びだったし。会社では意識して役職を口にしていた感じだ。

「……まったく、実沢くんはほんと、どこか抜けてるのよね……。こういう気の緩みが仕事のミスに繋がるのよ」

動揺が収まらないのか、早口で説教を始める桃生さんだった。

苦笑しつつ、頭では別のことを考えていた。

楽しい。

本当に楽しくて幸せだ。

桃生さんとこんなに距離を縮められるなんて、思っていなかった。単なる上司と部下の枠組みを超えて、唯一無二の関係を構築できている気がする。

嬉しい――と舞い上がる反面。

心の奥底で、もう一人の自分が冷めた声で言う。

上っ面だ、と。

距離が縮まってるようで、実際にはなにも縮まっていない。以前より砕けた会話ができるようになっても、一番尋ねたいことは尋ねられない。

――……実沢くん、私ね。

――バツイチなんだ。

「実沢くん、聞いてるの？」

「え？」

「どうしたの、ボーッとして」

「……いえ」

なんでもありません、と俺は言った。


翌日。

昼休みの休憩中にも、ふと考えてしまう。

休憩所のベンチに腰掛け、自販機で買ったコーヒーを片手に一人呟く。

「……訊けねえよなあ」

桃生さんの過去。

バツイチ。

未だにちょっと信じられない。

あの桃生さんが、過去に結婚していたなんて。

年齢を考えたら不思議なことではないんだろうけど……全然イメージがなかったから驚いた。

結婚して、そして離婚した。

言葉にすれば簡単だけど……きっとそこには、本人にしかわからない苦悩や葛藤があったのだと予想がつく。

彼女の今の希望も――恋愛も結婚もしたくないけど子供だけはほしいと願っていることも、その過去がなにか関係しているのだろうか。

知りたい。訊きたい。

許されるなら根掘り葉掘り尋ねたい。

でも——そう簡単に踏み込んでいい話じゃないんだろう。

恋人でもない俺には、彼女の過去を尋ねる資格なんてない。

興味本位で首をツッコんでも鬱陶しいだけだろう。

うん。

そうだ。やめよう。

こうしてあれこれ邪推してるだけでも結構失礼な話だからな。桃生さんが俺に求めてるのは、きっともっとドライで割り切った関係なんだから。

そうそう。あんまりあれこれ詮索したら……今の関係すら終わっちゃうかもしれないもんな。今度は冗談抜きで「実沢くんを相手に選んだのは失敗だった」とかって言われ——

「……ん？」

ふと疑問が湧いてくる。

選んだ？

桃生さんが選んだ。

つまり……選ばれたのか、俺？

最初に今の関係を頼まれたとき、引き受けるか否かで頭がいっぱいになってしまい……

そう言えば考えてなかった。

なんで俺が――相手に選ばれたのか。

ふむ。

まあ、深い理由なんてないのかもしれない。

身近にいた手頃な相手が俺だったというだけで、俺がダメならすぐに別の相手を探したんだろうし。

あるいは……童貞だから誘ったら簡単についてきそうとか思われたのかな？

それはそれで複雑なような――

「あっ、実沢くん」

考えに沈んでいると、声をかけられた。

同僚の鹿又である。

「こんなとこいたんだ。休憩中？」

「まあ、そんなとこ」

「じゃあ私も休憩しよっと」

自販機で飲み物を買い、俺の近くの椅子に座る。

「どうしたの？　なんか考えてる風だったけど」

「いろいろとな」

「ふうん？　今日は桃生課長いないし、のんびり羽を伸ばしてるのかと思ってた」

茶化すように言う。

うーん。やっぱり会社だと『女帝』感強いなあ、桃生さん。

俺個人では、最近すっかりそのイメージがなくなってきたんだけど。

「そんな鬼軍曹みたいな人じゃないよ、桃生課長は」

「まあね。厳しいけど優しいし。なんか格好いいよね」

それから俺はふと思い出して、

「ああ、そういえば鹿又、あの件、桃生課長に言ったんだな」

と告げた。

あの件——俺が仕事を手伝った件だ。

「……あー、ごめん、言っちゃった」

てへ、と苦笑しつつ言う。

「さすがに黙ってられなくってさ。だって実沢くん、そのせいで桃生課長に怒られてたでしょ？」

「怒られたっていうか……まあ注意されたけど」

「ほんとにごめんね、私のせいで迷惑かけて……」

「気にするなって。俺が勝手に手伝っただけなんだから」

「でも……」

「桃生課長もそこまで本気で怒ってるわけじゃないしさ。いや、本気は本気なんだけど、感情任せに怒鳴ってるわけじゃなくて、ちゃんと部下を思って激励と指導をしてるっていうか。あの人は他のただ厳しいだけの人とは違って――」

そこまで言ってふと気づく。

鹿又がジーッと、面白くなさそうな顔でこちらを見てることに。

「……実沢くんってさ、やたら桃生課長への忠誠心高いよね？」

「そ、そうか？」

「みんなが桃生課長への愚痴とか言ってるときも絶対に乗ってこないし。直属の部下で一番怒られてるのに」

「そ、それは俺がまだまだ未熟で怒られてるだけだから……」

「ていうか最近……桃生課長と実沢くん、ちょっと親しげじゃない？　前より微妙に距離感近くなってる気がして」

ギクリ、と身を強ばらせてしまう。

「桃生課長、実沢くんと話すときだけ表情が少し柔らかいような」

「そ、そんなわけないだろっ」

つい声が上擦ってしまった。

まずい。非常にまずい。

やはりどこかで滲み出てしまっているのか？

一線を越えた男女にしか醸し出せない、特有の気配みたいなものが。

「なーんも変わってないよ……全然仲良くなってない。むしろどうやったら仲良くなれるのかこっちが訊きたいぐらい……あはは」

「……ふーん。ま、なんでもいいけどさ。私だって別に、いつも二人のことばっか見てるわけでもないし」

軽く肩をすくめた後、

「とにかく、いろいろありがとね。今度なんか奢るから」

と鹿又は切り替えるように言った。

「てかさ、実沢くんはもっと飲みとか行こうよ」

「ん？」

「今度ね、合コンってほどじゃないんだけど、同年代の恋人いない男女で集まって軽く飲もう的な計画を立ててて」

「……それ、合コン以外のなんだっていうんだ？」

軽くツッコんでから、

「そういうのは遠慮しとくよ。兄貴のサインとかねだられても面倒だし」

と俺は言った。

合コン的なものは何度か経験があるけど、正直いい思い出がない。

大体が兄貴の話になる。

俺が黙ってても他の男が話の種にしてしまう。そして『春一郎選手って普段なにしてるの？』『知り合いのサッカー選手いる？』とかの質問攻め。

酷いときだと兄貴が出てたＣＭのモノマネをやらされる流れになる。

「えー、なにそれ？　ちょっと自己評価低くない？」

不服そうに鹿又は言う。

「もしかしたらお兄さんどうこうじゃなくて、純粋に実沢くん個人に興味持ってる女子だっているかもしれないよ？」

いるのかな、そんな奴？

いたら嬉しいけど。

「まあ女性不信になる気持ちはわかるけどねー。女ってがっついてる子はすごいから。全力で肉食獣になってるから」

苦笑しつつ、鹿又は言う。

「私の知り合いにもいるからねー。『絶対にプロ野球選手と結婚してやる！』って意気込んでる子。今事務所入ってモデルやってるんだけど、そういう著名人が来るクラブとかラウンジとかに通いまくってるみたい」

「へぇー」

「プロ野球選手の子供産んで、子供もプロ野球選手にするのが夢なんだってさ。そして自分はママタレントとしてブレイクするんだって」

「そこまで具体的だとむしろ応援したくなるな」

軽く笑って俺は言う。

「でもまあ、親がプロ野球選手だからって才能が遺伝するとは限らないだろうぜ。俺だって兄貴と遺伝子は似てるはずなのに、だいぶ才能の差が――」

そこで。

俺は。

気づいた。

気づいてしまった。

「──っ」

跳ねるように、勢いよく席を立つ。

「え？　な、なに？」

「……悪い。用事思い出した」

居ても立ってもいられなくなり、休憩所から歩き出す。

でも、どこへ向かえばいいかわからなかった。

それでも、じっとしていられなかった。

「………………」

ああ、そうか。そういうことか。

わかった。わかってしまった。

でもわかりたくなかった。

桃生さんが、子作りの相手に俺を選んだ理由──

なんてことはない。

簡単な話だ。至極当然の話だ。

そもそも──俺が選ばれたわけではなかった。

彼女が欲しかったのは、俺の精子じゃない。

一流サッカー選手の、弟の精子だ。

結婚せずに子作りだけするのなら——優秀な精子がいいに決まっている。遺伝的に優れた男の精子がいいに決まっている。海外の精子バンクでも、高学歴男性や社会的地位の高い男の精子は高い値がつくという。

それが、いわゆる精子の相場。

優秀な男の精子は高い。

そして俺は……優秀な男と、直接血が繋がった弟。

現状の能力や地位とは無関係に——精子だけは優秀なはずだ。

「……はは」

乾いた笑いが漏れる。

笑うしかなかった。

どうして『選ばれた』のかと疑問に思っていた自分が恥ずかしい。

思い上がりもいいところだ。

彼女にとって、俺個人なんてどうでもよかった。

俺はただ、優秀な精子を吐き出すためだけの装置。

結局、こんなときにまで俺は——兄貴の代替品でしかなかったのだ。

第六章　桃生課長の帰還

兄、実沢春一郎は、誰が見ても一目でわかる天才だった。

幼少期からサッカー一筋で、小学四年生でジュニアユースのスカウトが来るほどの逸材。

クラブチームに所属してからも比類なき天才性を発揮し続けた。

高校を卒業すると同時にプロ入り。

誰もが理想とするような、エリート街道を歩み続けた。

俺はそんな兄貴を誇りに思っていたし、兄貴のようになりたいと思って必死にサッカーをやってきた。

真剣に、死に物狂いでやってきた。

でも……現実は非情だった。

同じ親から生まれても、結果はまるで違った。

どれだけ懸命に努力しても兄のようにはできなかった。

『うーん、お兄さんはすごかったんだけどねー』

『弟くんも悪くないけど……まあ、春一郎くんと比べると』

『大したことねえなあ、弟くんは』

『頑張ってるよ。頑張ってるとは思うけど……』

『春彦。お前はDFに転向した方がいいぞ。Fは生まれ持った才能がないと厳しいからな。お前は兄貴とは違うんだから分をわきまえろ』

『あはは。そうだよな。お兄さんと比べたらかわいそうだよな』

『こういうのって普通、次男の方が才能あるんじゃなかったっけ?』

『天才兄弟って特集組みたかったけど……うーん』

寄ってくる大人達はみんな、勝手に期待しては勝手に失望した。

俺はその全てに耳を塞ぎ、脇目も振らず走り続けた。

ユースのセレクションに落ちても、強豪校でレギュラーになれずとも、それでも細い糸に縋ってプロを目指し続けた。

しかし――

大学二年、春。

練習試合で、取り返しのつかない大怪我をした。

右膝、前十字靱帯断裂。

全治一年。

医者曰く、手術すれば日常生活は送れる。しかし元通りサッカーができるようになるには、何年かかるかわからない。もしかしたら、二度と元のプレイはできないかもしれない。

プロ未満の大学生にとっては、あまりに致命的な大怪我だった。

俺のサッカー人生は、こうして幕を閉じた。

長いリハビリ生活を経て、ようやく松葉杖なしで歩けるようになってから、慌てて就職活動を始めた。

なんの取り柄もない俺が大手出版社の内定をもらえたのは――兄貴の影響が大きいのだろう。どこの面接でも、兄貴の話をすれば大盛り上がりだった。人事の人も一発で顔を――兄貴と似た顔を覚えてくれたと思う。

サッカーをやめたところで、俺の人生は兄貴の影響から逃げられない。

どう足掻いても、どれだけ目を逸らそうとしても。

そして――今。

生まれて初めてセックスできた女性までも、どうやら兄貴の威光に惹かれてきた人間でしかなかったらしい。

ダラダラと目覚める。

「……くあ」

休日の朝だった。

スマホを見ると、時間は昼の十一時。

ずいぶんとだらしない目覚めだった。

普段は休日でもちゃんと起きるようにしてるけど、昨日は酒を買ってきて一人で遅くまで飲んでいた。

一人晩酌なんて普段は滅多にしない。

でも昨日は……飲みたい気分だったのだ。

「……っ」

寝ぼけた頭のまま、ベッドから下りた瞬間——右膝に鈍い痛みが走る。

歩けないほどでもない、違和感のような疼痛。

膝の傷はほとんど完治しているが、気圧の変化で軽く痛むときがある。

どうやら今日は気圧が下がってるらしい。

今は曇りのようだけど、午後辺りから降り出すかもしれない。

「…………」

酒の缶やお菓子の袋で散らかったままだった部屋を片付ける。

その後はお湯を沸かし、カップ麺を作った。

夜中まで起きてて酒とお菓子を摂取し、ダラダラ起きて昼飯はカップ麺。プロを目指してた時代には考えられない食生活だ。

「……はあ」

溜息（ためいき）がこぼれる。

なんなんだろうな、この気持ち。

俺は桃生（ものう）さんに対して、どんな気持ちを抱けばいいんだろう。

怒ればいいのか、悲しめばいいのか。

裏切られた気がしてショックだったけれど……冷静に考えれば、俺が一人でなにかを期待して舞い上がっていただけの話だ。

彼女は最初から言っていた。

目的は子作りだと。

そして、自分のことは都合のいい女とでも思ってほしい、と。

だったら——俺もそうすればいいだけなのかもしれない。

深く考えずに。

余計なことを考えずに。

割り切ってしまおう。

子供みたいに悩まず、大人らしく割り切ろう。

都合のいいセックスフレンドができたと思おう。

うんうん。そうだ。そうだよ。

むしろラッキーじゃないか。

ただであんな美女とセックスし放題なんだから。

ウィンウィンの関係だよ。

兄貴が天才で、よかったよかった。

「……お。雨か」

カップラーメンを食べていると、外からパラパラという音。

外では雨が降り出していた。

無駄に性能がいいな、俺の古傷気圧センサー。

さて。今日はなにをしよう。なんもやる気は起きないし、雨は結構激しく降り出したし、今日は引き籠もるとしようか。

サブスクで適当な映画見たり、新しいソシャゲや漫画に手を出してみたり、なんでもいいからダラダラと休日を——と。

そんなことを考えていたところで、スマホが震えた。

桃生さんからの連絡だった。


「ごめんね、実沢くん。休日に呼び出しちゃって。本当に助かったわ」

自宅の玄関に、桃生さんは持っていた紙袋をドサッと置く。

スーツの肩部分は少し雨で濡れていた。

後に続く俺も、渡されていた紙袋とキャリーケースを置く。

「最寄り駅についたら思い切り降ってて……。タクシーは全然捕まらないし、傘は売り切れだったし、お土産はいっぱいだし……本当、どうしようかと思ったわ」

今日は桃生さんが出張から帰ってくる日だった。

向こうで会社用のお土産を大量にもらったが、帰ってきたタイミングでちょうど雨に降られてしまったらしい。

助けを求められた俺は、彼女の分の傘を一本買って駅に向かい、荷物の半分をもらって自宅マンションまで同行した。

「あっ。傘のお金もちゃんと払うから」

「いいですよ、そのぐらい」

「ダメダメ。そういうところはちゃんとしないと」

その場で千円札を取り出して渡してくる。

相変わらず律儀な人だった。

「ええと……じゃあ、俺はこれで」

俺が自分の傘を持って去ろうとすると、

「えっ。待って待って」

慌てた様子で呼び止められた。

「なにか用事でもあるの？」

「そういうわけじゃないですけど……」

「だったらあがってきなさい。コーヒーでも飲んでって」

呼び出しておいてすぐ帰らせるのは申し訳ないと思ったのか、桃生さんはそんな提案をしてきた。

断るのもなんだったので、部屋にあがらせてもらう。

でも……なんだかな、と思う。

俺を部屋にあげることに、もうなんの抵抗もないらしい。

すでに何度も部屋に入ってるわけだから当然と言えば当然なのかもしれないけど、この距離感の近さが無性にもどかしい。

「あっ。実沢くん、結構濡れてるじゃないっ」

そう言って、洗面所からタオルを持ってくる。

「ごめんね、たくさん荷物持たせちゃったからよね」

申し訳なさそうに言いながら、タオルで俺の頭や肩を拭いてくる。

その自然な優しさに、距離感の近い気遣いに——胸がざわつく。

俺達はもう、何度か体を重ねた。

このぐらいの接触は、もはや意識するほどでもないのだろう。鹿又から も指摘されたように、やはり距離感は近くなっているかもしれない。

だからこそ——俺はなにかを、勘違いしてしまった。

自分が、選ばれたんだと。

いくら精子目当てとは言え、なにかしら男として魅力があったからこそ、相手に選んでもらえたんだろう、と。

でも、違った。

俺が選ばれたのは、血が繋がった兄貴が優秀だったから。

俺の人間性や能力なんてなんの評価基準にも入っていない。

彼女にとっての俺は、本当にただ、精子だけもらえればいい存在。

だったら――それでいい。

悪いのは勝手に変な期待をした俺だ。

もう期待なんかしない。

「……えっ」

タオルを持った手を掴む。

驚いて顔を上げた彼女を、まっすぐ見つめた。

「桃生さん」

俺は言う。

「抱いていいですか？」

自分でも驚くぐらい、冷静に言えた。

割り切ろう。

割り切って、大人の関係だけを楽しもう。

この人だってそれを望んでいるはずだ。

体以外のことを求めても、鬱陶しいだけだろう。

ならば望み通り、体だけを求めよう。

この女体を思う存分好き勝手に堪能しよう。

都合のいいセックスフレンドのように、本当に扱ってしまえばいい。

「えっ、ええっ⁉　な……なに言ってるのよ⁉」

「ダメですか？」

「ダ、ダメっていうか……こんな急に……。まだ明るいし――きゃっ」

返答も待たずに、強引に抱きしめた。

強く、強く抱きしめる。

腹の底から湧いてくる暗い感情に身を任せて。

「やだっ……！　ど、どうしたの……？　こんなの……んんっ」

怯えた声を無視して、首筋に口を当てる。

衣服の中に手を滑り込ませ、敏感な部分を探って這わす。

彼女の唇からは段々と、甘い吐息が漏れ出す。

「実沢くん……」

最初は身を捩って抵抗していたが、徐々にその力は弱まっていき、最後はこちらに身を委ねてくれた。


異変は――すぐに訪れた。

「……え？」

ベッドの上。

桃生さんに覆い被さる体勢で、困惑の声を上げてしまう。

勃たない。

いざ挿入するという段階になっても、俺のモノは硬くなっていなかった。いつもなら、なにもせずとも嫌になるぐらい元気がいいのに。

「……なんで」

「どうしたの……？」

「だ、大丈夫ですっ。ちょっと待ってください。今、すぐに……」

相手にバレぬよう誤魔化し、必死に大きくしようとする。

でも焦れば焦るほど、硬度は失われていった。

「……あ」

不自然な行動のせいだろう、桃生さんも俺の異常に気づいた。

しかし俺を傷つけぬよう、黙って待っていてくれた。

一分、二分、三分……一向に勃起する気配はない。やがて見かねた彼女が少し手伝ってくれたけど!……それでも結果は変わらなかった。

「……すみません」

相手の目も見られず、俯いて謝罪することしかできなかった。

ひどい。

なんだこれは?

自分でもわけがわからない。頭は真っ白になり……そして、尋常ならざる惨めさが胸を埋め尽くす。ひどい。情けない。ダサい。みっともない。あんな風に強引に誘っといて、肝心なところで役立たずって。

「だ、大丈夫よ、元気出して」

項垂れて落ち込む俺を、明るい声で励ましてくれる。

「しょうがないわよ……。よくわからないけど……男の人って、調子の悪い日もあるんでしょ？　ほら、実沢くんはまだ経験が少ないし……だから、そんなに落ち込まないで。ね？　私、全然気にしてないから……」

慰められても惨めさが増すばかりだった。

俺がなにも言えずにいると、桃生さんの声も徐々に沈んでいく。

「……やっぱり、私みたいな年上相手だと……気が滅入るわよね。最初は興奮できても、慣れてきたら若い子の方がいいに――」

「違いますっ」

自嘲気味に放たれた台詞を、反射的に否定した。

「……そうじゃない。そうじゃなくて……」

でも言葉を続けることはできなかった。

「……っ。ごめんなさい。俺、もう帰ります」

目も合わせぬまま急ぎ服を着て、俺は部屋を飛び出した。

雨はもう上がっていた。

でも、上を向く気にはなれなかった。

できなかった原因は……なんとなくわかる。

頭でどれだけ割り切って大人になろうとしても——心は嫌になるぐらい繊細で、体は恥ずかしいぐらいに正直だったらしい。

第七章　桃生課長の懊悩

駅前にある、会員制トレーニングジム。

私は友人に勧められるまま会員となり……その後、ほとんど利用することはなく年会費だけ無駄に払い続けている状態だった。

久しぶりに来てみると、ジム内はだいぶ様変わりしていた。

新しいマシンが増えているし、ロッカールームも新しくなっていた。

ウェアに着替えて軽くウォーミングアップをした後、初心者向けの簡単マシンでトレーニングしていると――

「あっれー？　珍しい顔がいる」

聞き覚えのある声がした。

振り向いた先にいたのは、見知った顔の友人だった。

明るい色に染めた髪と切れ長の目。体は細身ながらも筋肉質で引き締まっている。無駄な贅肉なんて全く感じさせない。スポーツブラタイプのウェアが、鍛えられた肉体によく似合っていた。

「久しぶりね、香恵」

「うん。マジで久しぶりー、結子」

アームを止めて言うと、いつもの軽いノリで返してきた。

犬飼香恵。

私の大学の同級生で、今でも時々飲みに行く仲。

仕事を絡めずに関係が続いている、数少ない友人の一人となる。

改めて彼女を見つめる。

というか……目を奪われてしまう。

すごい。やっぱり香恵はスタイルがいい。

とても同い年とは思えない。

ダンスのインストラクターをやってるだけのことはある。

ウェアの形状的にお腹丸出しだけど、贅肉なんて全くない。それどころか腹筋が薄らと割れている。

同い年として……悲しくなってくる。

私は絶対、こんなウェアで人前には出られない。

「んー？　なになに？　ジッと見てきて？」

「別に。いい体だと思っただけ」

「あはは、どうも。でもさ、結子が言ったら嫌みじゃない？　そっちもだいぶ……いい体してると思うよ？」

ニヤニヤと笑いつつ……私の胸を見てきた。

「いやー、久しぶりに見てもご立派ですねー。眼福眼福」

「やめなさい、そういうセクハラ」

「あははは。ごめんごめん」

軽く笑う香恵。

「でも、どうしたの？　結子が自主的にジムに来るなんて。私が誘っても全然来なかったくせに」

このジムを紹介してくれたのは香恵だった。

一年ぐらい前。三十も超えたしそろそろ意識して体を鍛えなきゃと思い、このジムの会員となり……そして、二、三回通って行かなくなるという王道のパターン。

そんな私が、なぜ久しぶりに来たかというと――

「……ちょっとね」

曖昧に言葉を濁す。

思い出したようにジムに来た理由は……ちょっと言い辛い。

「ふうん？　まあ、なんでもいいけどさ。体鍛えて悪いことなんてないし」

適当そうに言ってから、香恵は近くのマシンに腰を下ろした。


その後は、香恵と一緒にみっちりトレーニングした。

……と言いたいところだけど、運動不足の三十代はそんな急にみっちりとトレーニングを積めるわけでもない。

適度に休息を挟みつつ、がっつり高負荷のトレーニングをしている香恵を横目で眺めながら、身の丈に合った軽めの運動を繰り返した。

「ぷはーっ。やっぱ運動後のプロテインはたまらんですなー」

トレーニング後、ジムの休憩スペースにて一休み。

香恵は自前のプロテインを補給していたけれど、私はそこまで意識高く体は鍛えられないので、普通に自販機のスポーツドリンク。

はあー、美味しい。生き返るわ。

「あっ、そうそう。こないだ新しいレオパ買ったんだけど、見る？」

「見る」

食いつく。

香恵の趣味は——爬虫類飼育。

大量とトカゲと少数の蛇を飼っている。自宅の一室を丸々爬虫類部屋にしている感じ。

いかにも犬を飼いそうな名前をしているけれど、哺乳類のペットには全く興味なし。

なにを隠そう、私の『爬虫類の動画鑑賞』という趣味は香恵の影響である。

「わっ、かわいい。真っ白で綺麗……」

「でしょ〜？　爬虫類イベントで見かけたんだけどさあ、もう一目惚れしたから一瞬で買っちゃった」

スマホの画面がスライドされ、白い体色をしたレオパードゲッコーの愛くるしい姿が、次から次へと流れてくる。

「この子、アルビノ？」

「微妙に違う。アルビノとブリザード掛け合わせた、ブレイジングブリザードってモルフ。白色がめーちゃ綺麗なのよ」

レオパは個体によって体色や模様が異なり、そういった遺伝的特徴のパターンを俗に『モルフ』と呼ぶ。違う特徴を持つモルフを掛け合わせることで、両方の特徴を持つ新しいモルフが誕生したりする。

「はぁーあ、レオパはもう増やさないって決めてたのになあ」

「去年増やしすぎたって言ってたものね」

「そうそう。去年はなんか調子よかったんだよね。狙った組み合わせがみんな相性よくて、すぐ交尾して妊娠しちゃって……。普通はなかなか交尾までいかないことも多いのに」

溜息(ためいき)交じりに言った後、

「あっ。交尾と言えばさ」

と思い出したように続ける。

「結子は最近、セックスしてる？」

「ぶっ」

ドリンクを噴き出す。

話題転換が急すぎるでしょ！

「げほっ……い、いきなりなにを訊(き)いてるの、あなた？」

「だってやっぱ気になるじゃん？　同じバツイチのアラサー同士、夜の生活はどうしてるのかなあ、って」

「…………」

「こういうの気軽に訊けるの、結子ぐらいしかいないし」

「……あんまり気軽には訊かないでほしいんだけど」

でも——確かにそうかもしれない。

私だって……この手の話を気軽にできる友人は、香恵ぐらいしかいない。

あの件を相談するとしたら、香恵にするしかない。

「で？　どうなの、結子」

「……場所を変えて話しましょう」

「おおっ。飲み行っちゃう？　いいねいいね、今夜は帰さないぞ〜」

香恵は満面の笑みとなった。


ジムを出た後、私達は大衆居酒屋へと向かった。

……実沢(さねざわ)くんを誘ったときは格好つけてちょっと高目のオシャレな居酒屋を予約してみたけど、友達と飲むときはやっぱり慣れた大衆店の方がいい。

個室に入って乾杯をし、まずはジャブみたいな近況報告。

一時間ほど経過して、いよいよ話は本題へと入る。

かなり下世話な本題へと。

「はぁー、なるほどねー……相手の男が勃たなかった、と……」

檸檬サワーを片手に、重々しい口調で言う。

内容が内容だけに引かれたり笑われたりすることも覚悟していたけど、香恵は真面目な口調で相談に乗ってくれた。

ちなみに──私の飲み物はノンアルコールのハイボール。『ダイエット中だから』と誤魔化すと、深くは追求されなかった。

まあ……ダイエット中ってのも嘘じゃないしね。

「それで結子はショック受けちゃったわけだ」

「……ショックっていうか、どうしたらいいかわからなくて」

「いやー、わかるよ、わかる。私も何回か経験あるからさ。あれ、マジでどうしたらいいかわからなくなるんだよね。ただただ気まずくて、空気がえげつないことになる」

心底共感したように言う。私よりも恋愛経験も体験人数も多い香恵は、この手のシチュエーションにも慣れているようだった。

「相手、いくつぐらい？　年齢的なもんもあると思うけど」

「年齢は大丈夫じゃないかしら……。彼、まだ二十三歳だし」

「二十三っ⁉」

ギョッと目を見開く香恵。

「嘘っ……。結子、そんな若い子捕まえたの！　犯罪じゃん！」

「は、犯罪じゃないわよ！　成人してるもの！」

「犯罪みたいなもんだって……。えー、うわー、なんか驚いた。まさか堅物の結子が、そんな若い男とやってるなんて……」

子作りのことは、もちろん香恵にも内緒。実沢くんのことは『仲良くなって何度かセックスした男がいる』とだけ説明しておいた。

香恵の方もそういうセックスフレンド的な男はいるそうなので、そこについてはあまり深く追求されなかった。

「いいなー、私も二十三歳とセックスしたい。若返りそう」

深々と息を吐きながら、どこまで本気かわからないことを言う。

「まあでも、二十代なら肉体的にどうこうっていう可能性は低いだろうね。たぶんメンタルの問題」

「メンタル……そうよね」

「たまたま調子悪かっただけかもしれないから、あんまり深く考えなくていいと思うけど……あっ。もしかしてさ」

香恵はニヤリと笑って言ってくる。

「結子が急に思い出したようにジムに来たのって……その子のため？」

「──っ」

「次のセックスに備えて、ちゃんと体を鍛えて綺麗になろうとしたわけ？　うわー、なんか、かわいいっ」

「～～っ！　う、うるさいわね！　ほっといてよ！」

慌てて否定して、ノンアルコールのハイボールに口をつける。

なにも言い返せない。

だって──図星だから。

「……しょうがないでしょ。セックスなんて、ずいぶんと久しぶりだったんだから。どうせするなら……綺麗な体を見せたいわよ」

「結子……」

「ていうかその子がね……脱いだらすごかったの！」

私は全力で訴える。

アルコールのせいか、変なテンションになってしまった。

「めっちゃいい体してるの！　細くて鍛えてて腹筋も割れてて、若さ爆発って体！　あんな瑞々しくて若々しい体見せつけられたら……自分が、すっごくだらしない体してるみたいに思えてきて……」

段々と声が沈んでく。

「……彼が勃たなかったのも、もしかしたら私の体のせいかも……。もう少し痩せてて、もう少し鍛えてれば、ちゃんと興奮して……」

「いやいや、ネガティブすぎっ」

呆れ果てたように言う香恵。

「あのねえ、男なんてむしろ、少し肉ついてるぐらいの方が好きなんだよ？　私みたいに腹筋割れてる女より、結子みたいにちょっと油断がある方が男ウケするんだって」

強い語調で言う。

慰めてくれてるのはわかったけど、面と向かって『肉ついてる』『油断がある』と言われるのは少々切なかった。

「こちとら男ウケ悪いのなんてわかってて鍛えてんだから。自分のために鍛えてるのに、あーだこーだ言ってくる男は本当……あー、いや違う、話ズレた」

一つ息を吐き、香恵は改めて私を見る。

「とにかく――結子が落ち込む必要はない。いい？　よく聞いて。男のチンコってね、実はすっごく繊細で面倒なもんなんだよっ」

香恵は若干前のめりになって言う。

「ちょっとしたことで勃たなくなったり、中折れしたりすんの。男本人にも制御不可能で、とーっても厄介な代物なの。もはや別の生き物だね、あれは。飼い主の言うことなかなかきかないペットみたいなもん」

「そ、そうなの？」

「そうなの。チンコはそういうもんなの」

そうなんだ。

チンコってそういうものなんだ。

「女がいちいち過敏に反応したら、男は余計にプレッシャー感じるだけ。最初にも言ったけど、あんまり深く考えなくていいから。自分に自信持ちな。結子はちゃんと、男が興奮するエロい体してるから」

「……どういう褒め方よ？」

軽く突っ込む。

少し心が軽くなった気がした。

「そうね……。ありがとう、香恵」

「ん。まあ、そうは言っても努力はした方がいいけどね」

「努力……？」

「男を喜ばせるための努力ってこと。結子、ちゃんとサービスしてあげてる？　こっちとかこっちで」

『こっち』で手を上下に動かし、二度目の『こっち』で口元を指した。

言葉の意味を理解し、カッと頬(ほお)が熱くなる。

「そ、それは……」

「女だからってただ寝てるだけじゃダメだよ？　セックスは双方向のコミュニケーションなんだから。それに相手、若いんでしょ？　年上のお姉さんとするなら、テクニックに期待してる部分もあるんじゃない？」

「っ！　……や、やっぱりそうなの？」

実沢くんも、そういうのを期待しているのだろうか。

私に……夜のテクニック的なもの。

期待に応えたい気持ちはあるけど……残念ながら私には、そこまでの経験もテクニックもない。それに思い切り積極的になって「うわ。アラサー女の性欲、すご……」みたいに思われたら、二度と立ち直れない自信がある。

「でも……私、そんなに経験ないし」

「んー、直接的なテクニックじゃなくてもさ。たとえば──」

香恵が身を乗り出し、ちょいちょいと手招きした。

耳を寄せると、小声でぼそりと呟く。

その内容に──仰天した。

「えっ、ええ!?　な、なに言ってるの!?　冗談でしょ……!」

「いや、結構マジ」

恐れおののく私に、香恵は重々しく頷く。

「前にだいぶ年上の男と付き合ってたときさ……五十歳ぐらいかな。その人、年のせいか夜の方はイマイチだったんだけど、これやったときはすごくハッスルしちゃって」

「……ほ、本当に？」

「くだらないと思うけどさ、やっぱり男って、いくつになってもああいうのが好きなんだろうね。繊細でデリケートで……でも結局はバカな生き物なんだよ、ほんと」

「…………」

しみじみと語る香恵に、私は呆然とする他なかった。

語られたアイディアは——とんでもないものだった。

普段なら絶対に採用しない。百万円積まれようとナイフで脅されようと実行しない自信がある。

でも——今。

悩みに悩んで藁にも縋りたい気持ちになっていた私には、その突拍子もないアイディアが天啓のように感じられてしまったのだ。

第八章　桃生課長の覚悟

「……はあ」

憂鬱だった。

桃生（ものう）さんの住むマンションを見上げると、溜息（ためいき）がこぼれてしまう。

休日。夜の八時。

今日もまた、俺は彼女からお誘いを受けた。

少し前まではこの場所に訪れると……興奮と緊張が体を支配した。なんなら最寄りの駅に降りた段階から、彼女との情事を想像して胸が高鳴った。

行ったことはないけど……風俗の予約をした男っていうのは、もしかしたらこういうドキドキを感じるのかもしれない。

でも今日は……プレッシャーの方が圧倒的にデカい。

前回の件が強烈なトラウマとなり、心の奥に暗い闇を生む。

どうしよう。

今回も勃たなかったら……本当にどうしよう。

知らなかった。まさか、あそこが勃起しないことがこんなにも精神を蝕むなんて。男としての尊厳を大いに損なった気分にさせられるなんて。

……だ、大丈夫。きっと大丈夫だ。一人でしたときはちゃんと正常に機能したし、さっき栄養ドリンク的なものも飲んだ。大丈夫大丈夫……と何度も自分に言い聞かせながら、俺は彼女の部屋へと向かった。

「……いらっしゃい」

部屋ではいつも通り、私服姿の桃生さんが出迎えてくれた。

「夜ご飯、もう食べた？」

「はい、軽く」

雑談しつつ、胸の奥で決意を固める。

今日は失敗するわけにはいかない。

なにせ俺達は——夫婦でも恋人でもないんだから。

目的は子作りだけ。

セックスが不可能となれば……俺の利用価値はなくなる。役立たずな男には見切りをつけて次の相手を探せばいいだけだ。

二回連続失敗したら、見捨てられても当然だろう。

だから今日は――絶対に失敗できない。

……って。いやでも、そういう風に考えると余計に追い詰められて失敗しそうだから、ある程度はリラックスした方がいいんだけど……だからって意識してリラックスできるものでもないし――

「雨、降ってなかった？」

「降ってないですよ。今日はずっといい天気で」

「そう。道に迷ったりは？」

「……え？　いや、何度も来てますから」

そこでやっと、会話の違和感に気づく。なんか変だ。ずっと悶々と悩んでいたせいで気づくのが遅れたけれど……なにかがおかしい。

「桃生さん、どうかしました？」

「な、なにが？」

「いやなんか、上の空っていうか」

「ど、どうもしないわよ、別に……」

歯切れ悪く言って、目を逸らす。

そう、上の空だ。会話してるようで会話をしていない。

なんていうか……今の俺と同じ状態だ。

ずっとなにか、別のことで頭がいっぱいみたいな——

「……実沢くん」

やがて、桃生さんは言う。

恥ずかしそうに、しかし覚悟を決めたような目で。

「ちょっとだけ、ベッドで待っててもらっていい？」

「え……べ、ベッドで？」

「お願い」

有無を言わさぬ口調で言われ、俺は従うしかなかった。


いきなり押っ始めるつもりなんだろうか。

でも、桃生さんはなにをしてるのだろう。

これなに待ちの時間？

ソワソワしながら待つこと——十五分。

ようやく桃生さんが寝室に現れた。

「——っ」

その姿を見て、我が目を疑う。

幻に違いないと思って何度も目を擦るが、目に映る光景は変わらない。

そこにいたのは——女子高生だった。

純白のブラウスを身に纏い、下半身にはプリーツスカート。しかしその守備力はあまりに危うく、裾からはむっちりとした太ももが覗く。

桃生さんが。

バリバリ仕事ができて、会社では尊敬と畏怖をもって『女帝』と称されている憧れの女上司が——

今、女子高生の格好をして、俺の前に立っていた。

「……な、なにか言ったらどうなの？」

衝撃のあまり言葉を失っていると、桃生さんが細い声で言った。

顔つきは険しいが、頬は真っ赤。

内から襲い来る羞恥心と必死に闘っている様子である。

「え、えぇと……なにを、やってるんですか？」

「――っ。そ、そういうクリティカルな質問は控えた方が賢明よ。私の生き死にに関わってくるから……」

立ちくらみでも起こしたように体をフラつかせる制服桃生さん。

純粋な疑問を口にしただけだったんだけど、どうやら尋ねてはならない直球の質問だったらしい。

「……だって、好きなんでしょ？　男の人って……こういうのが」

目を逸らしたまま、言い訳するみたいに言う。

「と、友達に聞いたのよ……。彼氏が元気ないとき、ＪＫのコスプレしたらすごく喜んで興奮してたって……」

コスプレ。

やっぱりそうなのか。

改めてよく見てみると、制服の作りが全体的に安っぽい気がする。たぶんディスカウントショップ等で売っているコスプレグッズなのだろう。

急拵えなせいか……サイズも合ってない。

全体的にかなり小さめ。

胸も尻もパッツパッツになっている。

豊満な胸を包むブラウスは今にもボタンが弾けそうだし、スカートは尻で持ち上がってかなり際どいところまで見えている。

端的に言って……とんでもなく卑猥(ひわい)な有様だった。

「ど、どうなの、実沢くん？　私、まだJKでいけそう？」

「……っ」

桃生さんが縋るような目で問うてくる。

どど、どっちだ!?　これ、どっちが正解だ!?

いけるいけないで言えば……正直、かなり厳しい。

JKには全く見えない。

年相応にしか見えない。

大人の女性がコスプレして遊んでるようにしか見えない。

こんなムチムチしたエロいJKがいてたまるか……！

でも、だからって、それを素直に言ったら即死攻撃になってしまうのでは？

ここは人命救助を優先すべきでは？

「ぜ、全然いけますよ。完璧にJKです！　さすが桃生さん！」

「……嘘ばっかり。いいのよ。そんな見え透いたお世辞言わなくて」

ずーん、と凹む桃生さん。

うわあ、間違えた！

二択を綺麗に間違えた！

「……キツいのは自分でわかってるわよ。私だってね、ちょっとは期待したのよ？　いざ着てみたら『あら、私もまだまだいけるじゃない』みたいなことになるんじゃないかなあー、って。でもいざ着替えて鏡を見たら……コスプレした三十代女性が立ってるだけだったわ……」

「だ、大丈夫ですよ！」

しゃがみ込んで落ち込んだ桃生さんを、全力で励ます。

なにが大丈夫なのかはさっぱりわからなかったけど、今ここでフォローしなければ、桃生さんが窓から飛び降りてしまいそうだったから。

「確かに……ＪＫには見えません。社会人女性が無理して制服着てる状態だとは思います。キツいはキツい。本当にキツい……でも、だからこそ、そこに背徳的な魅力があると言いますか」

「…………」

「なんていうかほらっ、そもそもエロスってギャップじゃないですか？　普通じゃないことするからエロさが生まれるわけで。清楚な子が実は経験豊富とか、逆に遊んでそうな子が実は純情とか、あとは静謐な図書館で脱いでるとか……。だから……熟女と制服の組み合わせも、ギャップがあるからこそ生まれる倒錯的ななにかがあって」

「熟女……」

「ああっ、違う違う！　今のは言葉の綾です！　熟女じゃない、桃生さんは熟女じゃないです！　アダルト業界でも熟女と制服は一定需要がある属性ってことを言いたかっただけで……。世の中にはもっと高齢でも制服プレイを楽しんでる方がたくさんいるだろうから、桃生さんがやって悪いはずがなくて……」

「………」

「とにかく大丈夫です！　すごく似合ってますよ！　少なくとも俺は……大好きです！　すごく興奮します！」

とにかく全肯定する俺。

フォローの方向が合ってるかはわからなかったけど。

それに——無理して持ち上げているわけではない。

ＪＫや制服に特別なこだわりはなかったけれど……今の桃生さんは、なんかグッときた。

死ぬほど恥ずかしいくせに無理してＪＫの格好をしてるところに、なんとも言えない倒錯的な感情を覚える。

新たな性癖が目覚めてしまいそうだ。

ずっと顔を伏せていた桃生さんだったが、やがて、

「……ほんとに？」

ぽつりと声を漏らした。

「本当に思ってる？　お世辞じゃなくて？」

「ほ、本当です」

「その場凌ぎで適当なこと言ってない？」

「言ってないです」

「本当に……ちゃんと興奮する？」

「し、します！」

「……そう。ならいいわ」

しゃがみ込んでいた桃生さんが、すくりと立ち上がった。

死にそうだった顔に生気が戻っている。

「別にね、世間一般の評価は、今この状況ではどうでもいいのよ。キツいのなんて最初か

らわかりきってたし、そんなに期待してなかったし。もし似合ってたらちょっと街を歩いてみようかしら、なんて微塵も思ってないし」

早口で言い訳めいたことを述べた後、

「この格好は……実沢くんのためだけにしたんだから」

あなたが気に入ったなら——それでいいの。

と言って。

彼女は俺に抱きつき、ベッドへと押し倒した。

仰向けに倒れた俺の横に寝そべり、添い寝のような姿勢となる。

「今日は……いろいろサービスしてあげるから」

耳元で甘い声が囁く。

「今までちょっと受け身だったけど、今日は私も……頑張ってみる。実沢くんも、してほしいことがあったらなんでも言って」

「も、桃生さん……」

体が密着し、ブラウス越しの胸を押しつけられる。柔らかな手は淫らに俺の体を這い回り、興奮をかき立てようとしてくる。

彼女の下腹部に手を伸ばす。スカートはあまりに短く、簡単を手を入れることができる。

桃生さんの尻は今日もたまらない感触だった。

ああ……どうしよう。

なんだかあまりに心苦しい。

前回俺が不能だったから、桃生さんはこんなにも積極的になってくれているんだろう。

恥ずかしい格好をしてまで、どうにか俺を興奮させようとしている。

その気持ちが本当に嬉しいし、申し訳ない。そして……興奮する。恥を堪えて淫らに振る舞う桃生さんは本当に魅力的だった。

本能の赴くまま、獣のように彼女を犯してしまいたい。

でも――

興奮が強くなればなるほど――心の中にある暗いものが、色濃くなる。

彼女の健気さが、必死さが……虚しい。

ここまでやってくれるのは、俺のためじゃない。

俺の――精子のため。

兄貴に近い遺伝子を手に入れるため。

優秀な子供を産むため。

そのために、一生懸命になってるだけ――

「…………」

やがて桃生さんは、俺の下腹部に手を伸ばす。普段ならば、これだけ密着されればすぐに大きくなっていた。最初の頃なんて、体に触れられる前からガチガチになっていたぐらいだ。

でも今は。

全くと言っていいほど、反応がなかった。

「……ダメ、みたいね」

「ごめんなさい……」

情けない。せっかく桃生さんが頑張ってくれたのに、余計なことばかり考えてしまって集中できなかった。

「……いいのよ。気にしないで」

桃生さんは俺から離れ、ふらふらと立ち上がる。

「……私が悪かったわ。やっぱり……スベってるわよね、この格好。おばさんの制服姿で、若い子が興奮するわけないのよ……。気色悪いもの見せてごめんなさい……。今すぐ着替えてくるから」

「ま、待ってください！」

酷く憔悴した様子で出て行こうとする彼女を、慌てて呼び止めた。

桃生さんはなにも悪くない。

全部俺の問題だ。

大人になれない俺が悪い。兄貴への嫉妬や劣等感をいつまでも引きずり、桃生さんとの関係も割り切れない。俺のどうしようもない未熟さと幼さが、現状の不甲斐なさに繋がっている。

「違う……違うんです。桃生さんのせいじゃなくて……」

言いたい。伝えたい。尋ねたい。

はっきり言葉にして明らかにしてしまいたい。

でも、そんなことをしてしまえば——

「……桃生さん、どうしてですか？」

苦悩と葛藤の果てに、俺は言ってしまう。

「どうして——俺を選んだんですか？」

「……え？」

「子作りの相手に俺を選んだのは、やっぱり……俺の兄がサッカー選手だからですか？　優秀な兄がいて……俺が、近い遺伝子を持ってるから……」

言葉に詰まる。

油断すると、涙が出そうだった。

「べ、別に……それに文句があるわけじゃなくて。子供を望むなら、できるだけ優秀な遺伝子がほしいのは当然だと思うんですけど……」

「……………」

「でも、才能なんてちゃんと遺伝するかどうかわかりませんよ……？　現に俺、兄貴と比べたら全然才能なくて……あはは。同じ親から生まれて同じように育ったのに、どうしてこうも違うのかってぐらいで……」

もう、自分がなにを言ってるかもよくわからなかった。

俺は、なにが言いたいんだろう。

俺は、なんて言ってほしいんだろう。

彼女を糾弾したいのか、あるいは嘘でもいいから慰めてほしいのか。

ああ——なんで。

なんで口に出してしまったのだろう。

言葉にすればお互いに損をして嫌な気持ちになるだけじゃないか。暗黙の了解で曖昧に流しておけば、もっとフラットかつドライにいけたじゃないか。

事実でもいちいち言葉にしないのが——大人ってやつだろう。

それなのに、どうして。

どうして俺の心は——言うことをきいてくれないいんだよ……！

「…………」

しばしの沈黙の果てに、桃生さんは口を開く。

事実を指摘され、言いにくいことを口にする顔——ではなく。

呆気に取られたような顔で言う。

「え？　実沢くんのお兄さんって、サッカー選手なの？」

きょとん、と。

本当に驚いた顔となっていた。

「へ……？　え？　あれ？　し、知らなかったんですか？」

「ええ」

「本当ですか？　結構噂になってたと思うんですけど……俺が、入社したとき」

「そ、そうなの……？　私、そういう社内ゴシップみたいなの疎くて……。女子社員が勤務中にしゃべってるのを窘める側だから……。あー、でも、薄ら耳にした気もする……。誰か有名人の弟が入ったって」

「…………」

「お兄さん、有名なサッカー選手なの？」

「……名字でわかると思いますけど、実沢春一郎です」

「…………ごめんなさい」

「マジですか⁉　日本代表にも入ってたんですけど」

「私、スポーツ全般、全く興味がなくて……。実沢春一郎……うーん。全く記憶にないわ……」

「えーと、アレですよ、ほら。スポーツ飲料のCMで『この飲み味、まさにハットトリック！』ってやって、ちょっとだけバズった……」

「あっ、そのCMは見たことある！　あーあーっ、あの人ね！　そっか、サッカー選手だったんだ、あの『ハットトリック』の人。あー……言われてみれば、実沢くんと顔が似てるかも」

納得する桃生さん。

演技……ではないと思う。

俺の兄貴について、桃生さんは本当に知らなかったんだ。

「ちょ、ちょっと待ってください。それなら——どうして俺だったんですか？　兄貴が理由じゃないなら、俺を相手に選ぶ理由なんて……」

「……よくわからないけど」

桃生さんは言う。

言葉を選ぶようにして。

「なんだか誤解させてしまったみたいね。お兄さんが有名人だから、その弟を相手に選んだって」

「………………」

「……そうね。わざわざ言うことじゃないと思ってたけど、誤解されるぐらいならちゃんと説明しておくわ。私があなたに、今の関係を頼もうと思った理由」

居住まいを正し、桃生さんは俺へと向き直る。

「と言っても、そんなご大層な理由があるわけじゃないけど」

まっすぐ俺の目を見て続ける。

「今回のパートナーを選ぶ上で、私なりに条件みたいなものはいくつかあった。一つ目は、既婚者でも彼女持ちでもないこと。これは当然よね。後から揉めたくないし、相手の女性を不幸にしたくもない」

一つ、指を立てて言った。

「一つ目は……あんまり遊んでない人。交渉が簡単なのはチャラい人かもしれないけど……そういうタイプは口が軽そうで嫌だった。あと性交渉する以上、性病のリスクもあるからね。貞操観念がしっかりしてる人の方が好ましいわ」

二つ。

「三つ目は……二つ目と似てるけど、真面目で口が堅そうな人。ちゃんと約束を守ってくれる人。これは言わずもがなよね」

三つ。

「四つ目は……清潔感ね。やっぱり大事よ。私だって体を許すわけだから……当然、清潔感や身なりも判断材料に入る」

四つ。

「そして、五つ目」

五つ。

手の指全てが広がる。

それから優しく握って、自分の胸の前に置く。

「私が——その男との子供を産みたいと思えるかどうか」

　少し照れ臭そうに、しかしはっきりと、桃生さんは言った。

「実沢くんとはこの一年、ずっと一緒に仕事してきたわよね。私はずっと上司として、あなたを見てきた」

「…………」

「正直、そこまで仕事ができるって印象はないわ。要領が悪くて不器用で、見てててやきもきすることもあった」

　でも、と続ける。

「あなたはいつも一生懸命だった。裏で『女帝』とか言われてる私の厳しい指導にも……文句一つ言わずついてきてくれた。真面目で、誠実で……そして優しい青年だった」

「…………」

「鹿又さんの件以外でも何度かあったわよね。自分のこと放り出して、困ってる人を助けちゃうようなこと……。不器用なくせにお人好しで、上司としては評価に困ったけど……でも不思議と、見てて嫌な気はしなかった」

「…………」

「それであるとき、ふと思ったのよ」

桃生さんは言う。

フッ、と思い出すように小さく笑って。

「実沢くんとの子供なら、きっとかわいいだろうなって」

「……」

「以上が、私が実沢くんを選んだ理由……になるかしら」

俺は——なにも言えなかった。

愕然と立ち尽くすことしかできなかった。

「……ごめん。やっぱり気持ち悪いわよね……」

俺が黙っていたせいか、桃生さんは一人反省し始める。

「完全にセクハラよ……。仕事中に部下を見て『この子との子供ほしいなあ』って考えてるなんて……。男女逆だったら完全に解雇案件よ……。ああ、やっぱり言わなきゃよかった……」

気持ち悪い、なんて微塵も思ってない。

それどころか——

「……え？　実沢くん……」

桃生さんが驚いた声を上げる。

そこでようやく、気づいた。

自分の頬に――涙が伝っていたことに。

「えっ。うわっ、なんだこれ……ごめんなさいっ。なんで、俺……」

慌てて涙を拭うも次から次へとあふれてくる。胸の奥から言葉にならない感情がこみ上げてきて抑えることができない。

それはたぶん安堵で、歓喜にも似た感情だった。

この人は、桃生さんは――ちゃんと俺を見てくれてたんだ。

兄貴じゃなくて俺個人を。

最初に言われた通り、確かにご大層な理由ではなかったかもしれない。

でも、それでも――今言ってもらえた言葉は、俺がずっと探し求めていた言葉だったような気がした。

「すみません。大丈夫です……決して、悲しくて泣いてるわけじゃなくて……」

「……もう」

桃生さんは小さく息を吐き、俺に一歩近づく。

そして軽く、頭を撫でるようにした。

「あんまり泣いちゃダメよ。男の子でしょ」

「……子供扱いしないでください」

「子供みたいなものよ。二十歳そこそこの子なんて」

「……女子高生の格好した人に言われても」

「〜〜っ！　か、格好は今関係ないでしょ！」

桃生さんが顔を真っ赤にして怒って、俺は笑ってしまう。

心がすごく、軽くなった気がした。


その後はまあ、なんと言えばいいのか。

自然に泊まっていく流れになって、そして自然にやることをやった。

俺の体は本当に現金なもので……兄貴の一件が勘違いだとわかった瞬間に、全く問題なく機能するようになった。

デリケートなようで、案外調子のいいやつなのかもしれない。

一通りのことをやって一段落した後に——

気づけば俺は、自分のことを話し始めていた。

これまでの人生で大半を賭けた、俺なりのサッカー史を。

　ピロートークで過去語りをするなんて、格好つけすぎててダサいような感じもしたけれど……なんとなく、聞いてもらいたくなったのだ。

「驚いたわ……。実沢くんが、本気でサッカーのプロを目指してた人だったなんて……。なるほど、どうりでいい体をしてるわけね……」

「いい体ですか、俺？」

「えっ⁉　あ、えっと……う、うん。まあ、いい体なんじゃないかしら？」

　隣で寝ている桃生さんは、やや動揺した感じで言った。

　その後、声のトーンを少し落として、

「膝、今は痛まないの？」

　と問うてくる。

「日常生活なら全く問題ないですね。サッカーも趣味でやる程度ならオッケーって言われてますし」

「……膝の傷、まさか、そんな大怪我だったなんて」

　膝の手術痕には、最初にホテルに行ったときに気づいていたらしい。

　まあ気づいたところで、軽々しく訊ける話でもないのだろうけど。

「そっか……。怪我さえなかったら、実沢くんは今頃、私の部下じゃなくてサッカー選手になってたかもしれないのね」

「……どうですかね？　わかんないです」

曖昧に笑う。

普段なら——適当に笑い話にするところだ。「そうだよ、怪我さえしなきゃ、今頃日本代表に入ってたぜ」なんて冗談交じりに言っておけば、場の空気も悪くならない。周囲の連中は同情しているようで、結局はただ雑談として尋ねているだけだから、こっちが本音で語っても寒いだけだ。

でも、今は——

「元々ギリギリでしたから。怪我しなくても、プロにはなれなかったと思います。あー……でも、怪我がなかったら、今もどっかの社会人サッカーで頑張ってたのかな……？　届きもしない兄貴の背中、必死に追いかけて……追いかけてるフリだけ、一丁前にして」

不思議な気分だった。

肌を重ね合った後だからだろうか。

飾らない言葉が、自然とこぼれ落ちていく。

「……俺、怪我したとき、ショックだったし絶望したけど……心のどこかで、ホッとしたんです。『もう頑張らなくていいんだ』って。『言い訳ができた』『やめる理由ができた』

って」

言う。言ってしまう。

親にすら言ったことのない、本当の気持ちを。

「本当はずっと前から、ずっと諦めてた。プロになれる器じゃないって、自分が一番わかってた……。でも、俺を見下してた連中の思い通りになるのは、悔しくて……。それに両親は……ずっと俺のこと信じて応援してくれたから……。もう、どうしたらいいかわからなくて……」

止まらない。

堰（せき）を切ったように、言葉があふれだしていく。

本当の自分が――剝（む）き出しになってしまう。

「怪我でやめるなら、周りが『怪我さえなければ、もしかしたら』って思ってくれる。才能不足で自分からやめるより格好がつく……俺、そんなこと考えてた。最低ですよ。本当に惨めで、ダサくて、格好悪い……」

「………」

桃生さんはなにも言わず、俺を優しく抱き締めてくれた。

温かい。全身を包む体温は、弱さや未熟さを丸ごと包み込み、全てを受け入れてくれるようだった。

ずっと背伸びをして生きてきたような気がする。

サッカーをやめた日から、ずっと。

早く大人になりたかった。

大人になれば——青臭い過去を全部笑い飛ばせると思っていた。

だから必死に格好つけて、心を取り繕って、大人になったフリをしてきた。

でも今。

彼女の前で、服と一緒に全てを脱ぎ捨てた。

弱さも格好悪さも隠さず、心も体も裸になって曝け出した。

怪我をした子供が母親に抱きついて泣き喚くように、受け入れてもらえることを期待して甘えてしまった。

それはもしかしたら、とても恥ずかしい行いなのかもしれない。

大人の男がやるべきことじゃないのかもしれない。

でも今は……なんだか全てがどうでもよかった。

俺は彼女の胸の中で、安らかに眠りに落ちた。

翌日。

俺はまた、桃生さんより遅く目が覚めた。

「お、おはようございます」

「あら。おはよう」

慌てて寝室から飛び出すと、桃生さんはすでに身なりを整え、コーヒーを飲んでいるところだった。

「よく眠れた？」

「は、はい……。あの、昨日はすみませんでした。なんか、全体的に」

「さあ。もう忘れたわ」

コーヒー淹れるわね。

サラッと言って、桃生さんはキッチンに向かう。

愛飲しているチャコールコーヒーの粉袋を取り出し、スプーンを入れた。

「そうそう。食事中にする話じゃないだろうから、先に言うけど」

お湯を注ぎつつ、桃生さんは言う。

「今回、ダメだったみたい」

「え……」

「朝起きたら、始まってたわ」

軽く言ってから、お腹(なか)の前に一度手を置く。

その動作で察する。

生理が始まった、ってことか。

それはつまり——今回は妊娠しなかった、ということ。

「……な、なんて言ったらいいか」

「気を遣わなくていいわよ。そんなすぐにできるとも思ってなかったし」

気落ちした様子もなく、あっさりとした口調だった。

「母も妊娠しにくい体質だったみたいでね。私を妊娠するまで、結構苦労したって聞いてる。だから……私も時間がかかるかもしれない」

どこか遠い目をして言う。

そしてコーヒーを淹れたカップを持ってきて、俺の前に置いた。

「長期戦になっても、実沢くんは付き合ってくれる？」

それは——不思議な語調だった。

上司が部下に言う指示のようで、男女の駆け引きのようにも感じる。

恋人に甘えているようで、同時に試しているような。

いずれにせよ、俺の答えは決まっていた。

「はい」

頷き、カップを手に取って口をつける。

数日ぶりのチャコールコーヒーには、やはり独特の苦みがあった。

エピローグ

突然の頼み事から一月を経て――

物語は冒頭へと繋がる。

都内のラブホテル、３０２号室。

今日も俺は、彼女と体を重ねていた。

桃生さんが取引先の人達と一緒にご飯を食べることになり、俺もそれに同行することとなった。九時前には現地で解散となったが――その後俺達は、ホテルへと足を運んだ。

二人でホテルに入るのは控えようという話はしていたけれど、なんとなくの流れで入ることになってしまった。

そんな感じの『なんとなくの流れ』で、フラッとホテルに入れるような関係性に、俺達はなってしまったのだ。

「――ペアリング、って知ってる？」

一通りのことが終わった後。

下着だけをつけた桃生さんが、ふと言った。

「ペアリング……ペアのリングですか？　カップルがつけるみたいな」

「そっちじゃなくて、ペット業界とかで使う方」

「ペット業界……？」

「繁殖目的で雄と雌の組み合わせを作ることを、ペアリングっていうのよ。ペットのお見合い、みたいなものかしら。トカゲ好きの友達もよくやってる。結構難しいらしいわ。個体同士の相性とかもあって、ペアリングさせても交尾まで進まないこともあるとか」

「へぇー……」

勉強になったなあ、と思っていると、

「私達の関係——そう呼ぶのはどうかしら？」

と続けた。

「え？」

「話してて面倒だったと思わない？　『あの件』とか『例の件』とか遠回しな言い方になっちゃうし……。だからって、子作りとかセックスとか、生々しい言い方は少し抵抗があるし」

「ああ……」

まあ確かに。

いちいち言葉を選ぶ必要があった。

「なにかいい名前はないかって考えてたのよね。ペアリング……悪くない言い回しじゃないかしら。語感もいいし、外で口に出しても変なワードだとは思われなそう……うんうん。我ながらナイスネーミングな気がする」

ペアリング。

繁殖目的で、雌雄を交尾させること。

桃生さんがどういうつもりかはわからないけれど、俺にはなんだか、ずいぶんと皮肉めいたネーミングに感じられた。

俺達は夫婦でも恋人同士でもない。

ただ子作りのためにセックスするだけの関係。

その事実を——改めて突きつけられたような気がした。

もちろんそれは当然の話で、今以上を願うなんてあってはならないんだけど。

俺がサインした誓約書にだって、書いてある。

・どちらかが本気になったら、この関係はおしまい。

俺達の関係が——これ以上進むことはない。

飼われているトカゲと同じ。雄と雌が交尾して子供を作ったところで、そいつらが夫婦や恋人になるわけではない。何匹子供を作ろうと、父も母も別々の個体として独立して生きていくだけ。

ペアリング。

夫婦でも恋人でもない、繁殖を目的とした雌雄のカップリング。

なるほど。

皮肉的だけど——実に的を射たネーミングだ。

「いいですね。今度からそう呼びましょう」

俺は言った。

たぶん、どうにか笑顔を作ることができたと思う。

雑談もそこそこに帰り支度を整えていく。

明日も普通に仕事だ。

あんまりのんびりはできない。

「一応、別々に出た方がいいかしら？　一緒に入っておいて今更な気もするけど」

「じゃあ俺、先に出ますよ」

手早く身支度を整えた後、俺は桃生さんを置いてホテルを後にした。

歩くスピードはつい、駆け足になってしまう。

少しでも足を緩めると――うっかりホテルに戻ってしまいそうだから。まだ彼女と一緒にいたい気持ちを、抑えられなくなってしまいそうだった。

「……っ」

息が苦しい。

胸が締め付けられるように痛む。なかなか大人にはなれない俺だけど、この痛みの理由がわからないほど子供ではいられないようだった。

切なさともどかしさで、胸が張り裂けてしまいそうだ。

ああ――

桃生さん。

俺は、どうしたらいいんですか？

ダメだってわかってるのに。

本気になったら終わりだって言われたのに。

今以上を望めば、今の関係すら壊れてしまうのに。
俺は。
俺は。
あなたのことが、本気で好きになってしまいました。

あとがき

人間の三大欲求は食欲・睡眠欲・性欲と言われ、このうち食欲と睡眠欲は己の肉体を維持するため、性欲は子孫繁栄のためのものらしいですが……実際、どうなんでしょう？我々は本能で子孫繁栄を……つまり子供を欲してるんでしょうか。性欲なら大体の人があるけど、子供が欲しいかどうかは人それぞれで。時代や社会の風潮もいろいろ関係してて。でもだからって『子供が欲しい』という気持ちが全て環境がもたらす後天的な願望なのかというと、なんかちょっとぐらい原始的で本能的な部分の欲求な気もして。人間以外の動物も交尾はしますけど、彼らはただ本能だけで交尾してるのか、どっかで『子供、作るぞ』と理解してやってるのか。まあ……答えの出ない問いですね。

そんなこんなで望公太です。

女上司ヒロインの新シリーズ。『子供は欲しい。でも結婚も恋愛もしたくない』そんな価値観を持つ女上司と、優しいけどやや頼りない部下が、誰にも言えない二人だけの関係を紡ぎ、そして徐々にハマっていく。

今作品はなんというか……大人のラブコメを描きたかった！

肉体関係がゴールではなく、起点であり基点でもあるようなストーリーを。

子供ではいられなくなった大人達の恋愛模様……楽しんでいただければ幸い。

でもまあ我ながら……よく出版できたなと思います。ラノベではやはり挑戦的な題材だと思いますし、事実あちこちで門前払いを食らいました。出版に踏み切ってくださったスニーカー文庫には感謝が尽きません。

そしてなんと――こちら、コミカライズも始まります！　乞うご期待！

以下謝辞。

担当の神戸様。お世話になりました。あなたが担当でなければこの作品は世に出なかったと思います。イラストレーターの、しの様。素晴らしいイラストをありがとうございます。特に桃生さんのデザインが最高です。僕が求めていた女上司像そのものでした。

そして読者の皆様に最大級の感謝を。

それでは縁があったら2巻で会いましょう。

望公太

仕事帰り、独身の美人上司に頼まれて

著　望 公太

角川スニーカー文庫　23678
2023年6月1日　初版発行

発行者　山下直久
発　行　株式会社KADOKAWA
〒102-8177 東京都千代田区富士見2-13-3
電話　0570-002-301（ナビダイヤル）

印刷所　株式会社暁印刷
製本所　本間製本株式会社

◇◇◇

Printed in Japan　ISBN 978-4-04-113735-2　C0193

★ご意見、ご感想をお送りください★
〒102-8177 東京都千代田区富士見2-13-3
株式会社KADOKAWA　角川スニーカー文庫編集部気付
「望 公太」先生「しの」先生

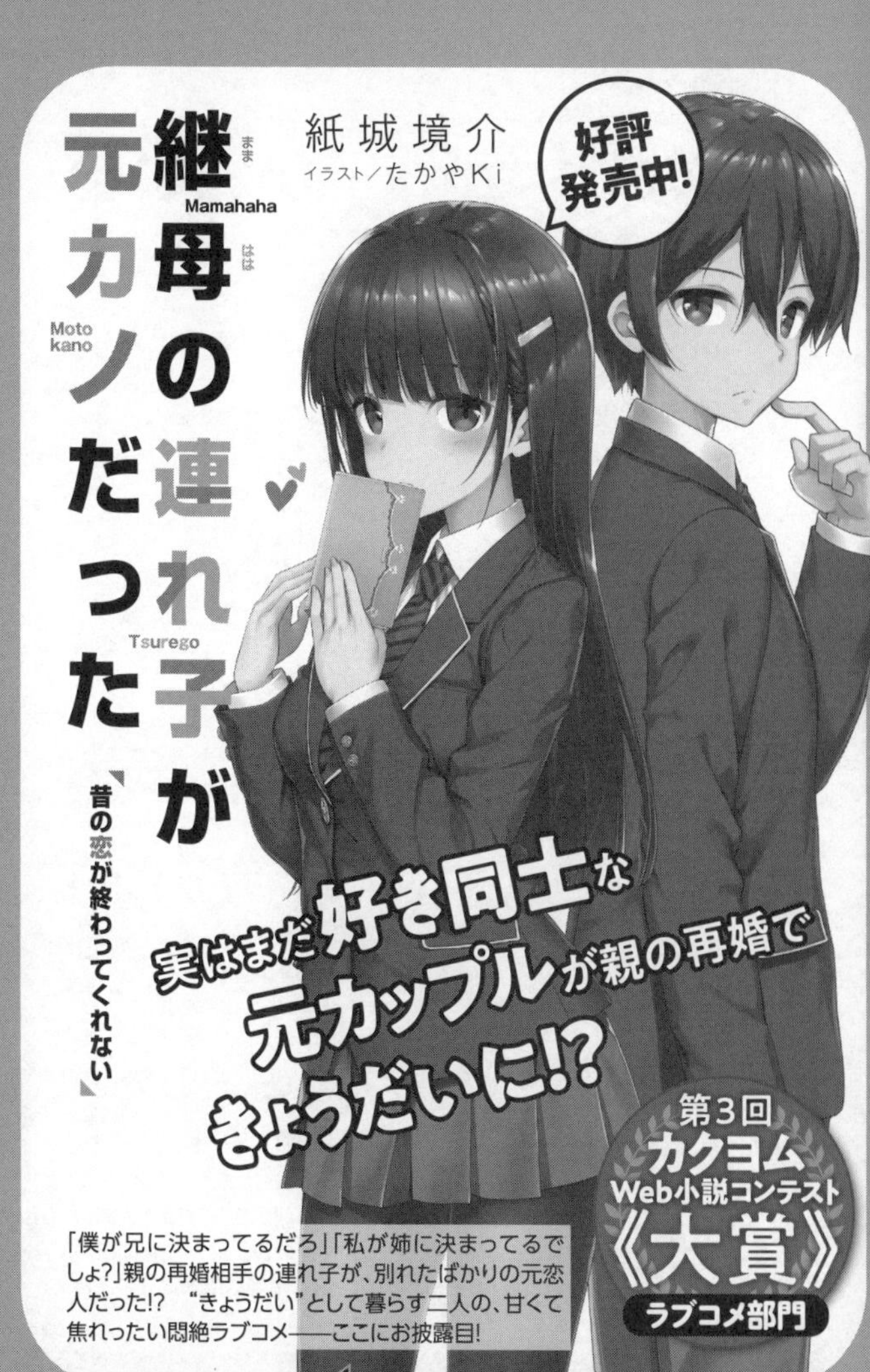

継母の連れ子が元カノだった
ままはは
Mamahaha
Moto kano
Tsurego
昔の恋が終わってくれない
紙城境介
イラスト／たかやKi
好評発売中!
実はまだ好き同士な
元カップルが親の再婚で
きょうだいに!?
第3回
カクヨム
Web小説コンテスト
《大賞》
ラブコメ部門
「僕が兄に決まってるだろ」「私が姉に決まってるでしょ?」親の再婚相手の連れ子が、別れたばかりの元恋人だった!? “きょうだい”として暮らす二人の、甘くて焦れったい悶絶ラブコメ――ここにお披露目!
スニーカー文庫

「私は脇役だからさ」と言って笑う

そんなキミが1番かわいい。

クラスで2番目に可愛い女の子と友だちになった

たかた ［イラスト］日向あずり

『クラスで2番目に可愛い』と噂の朝凪さん。No.1人気の天海さんにも頼られるしっかり者の彼女は……金曜日の放課後だけ、俺の家に遊びに来る。本当は無邪気で甘えたがり。素顔で過ごす、二人だけの時間。

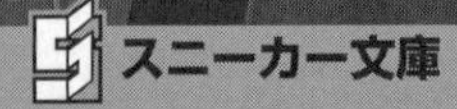